Marcel facteur

roman érotique

Données de catalogage avant publication (Canada)

Rey, Françoise, 1951-
Marcel Facteur
ISBN 2-89455-008-1
I. Titre.

PQ2678.E855M37 1995   843' .914   C95-940910-6

Couverture: Christiane Séguin

Dépôt légal 2e trimestre 1995
Bibliothèques nationales du Québec et du Canada
ISBN 2-89455-008-1

DIFFUSION

AMÉRIQUE
Diffusion Prologue Inc.
1650, boul. Lionel-Bertrand
Boisbriand (Québec) Canada
J7H 1N7
(514) 434-0306

GUY SAINT-JEAN ÉDITEUR INC.
674, Place Publique, bureau 200B
Laval (Québec) Canada H7X 1G1
(514) 689-6402

Imprimé et relié au Canada

FRANÇOISE REY

Marcel facteur

roman érotique

Guy Saint-Jean ◆ SPENGLER
ÉDITEUR

A tous les facteurs qu'on attend
derrière la fenêtre,

A tous les Marcel, pleins de frousses, d'élans,
de contradictions et de rêves,

A Marcel Facteur qui a inspiré, permis,
souhaité et redouté ce livre.

Pluie froide. Première flambée dans la cheminée. A la veille de ma vingt et unième rentrée, je pense à toi. A toutes les rentrées que tu as éclairées de ton naïf regard bleu, à tes éclats de rire de gosse, à notre belle histoire d'amitié et de tendresse, qui n'est pas finie, qui ne finira pas, mais qui n'est plus la même, parce que tu es parti là-bas, sur le plateau où le vent peigne les lavandes, et moi venue ici, dans la grande maison où tu n'as jamais apporté le courrier. Te rappelles-tu, Marcel, notre toute, toute première rencontre ? J'étais entrée précipitamment au bureau de poste de Saint-Laurent.

En lieu et place de l'habituel receveur, j'ai découvert un jeune type inconnu, à la physionomie plutôt avenante. Une sorte de sosie imparfait de Dussolier, souriant et disponible. Je t'ai demandé bêtement :

« Vous venez d'arriver ? Je ne vous ai jamais vu ! »

A quoi tu as répondu très vite :

« Ah, mais je ne vais pas rester longtemps... Je vous dis ça parce que... parce que... » Tes yeux se sont mis à bouger, comme si tes prunelles cherchaient, dans tous les coins de la pièce, le terme approprié. J'ai ironisé :

« Vous avez peur que je ne m'attache ? »

Tu as eu une expression extraordinaire de franchise simple, et tu as seulement dit « Oui ».

Un peu plus tard, une déplorable et intempestive entreprise d'épilation m'a ravagé la lèvre supérieure, où se sont mis à fleurir d'énormes abcès qui, je l'aurais juré, me défiguraient. J'ai commencé par me terrer chez moi, protégée par un arrêt de travail en bonne et due forme. Mais le miroir m'attirait cent fois par jour, et cent fois par jour ayant essayé d'impossibles camouflages avec tous les fonds de teint, pommades et crèmes imaginables, je baissais des bras désespérés. Un après-midi, étrangement, je me suis souvenue de toi, de ton œil bleu pacifique et doux, de ta solitude un peu effarée derrière la vieille banque de ton bureau. La poste était encore fermée. J'ai sonné. Tu m'as ouvert, tout surpris, hospitalier quand même, le bras gauche arrondi pour m'accueillir, les sourcils interrogateurs.

J'étais tout près des larmes.

« Je suis venue me faire payer le café. Vous avez vu ce qui m'arrive ? »

Tu m'as regardée, tu as répondu « Non ».

Voilà, Marcel Facteur, deux monosyllabes de poids dans notre histoire. C'est ce « oui » d'abord, plein d'insolence tranquille, puis ce « non » sincèrement étonné, qui m'ont fait t'aimer si fort, tout soudain, et à jamais. Après, il y a eu beaucoup, beaucoup de mots entre nous. Mais ces deux-là, il fallait les trouver. Le reste est littérature.

Aujourd'hui, Marcel Facteur, tu me manques. Parfois tu téléphones, pour annoncer que tu vas rappeler, pour bredouiller, rire, ne rien dire, promettre, jurer, t'excuser, faire des « heu ! » et des « peut-être », déplorer, invariablement, de ne pas trouver les mots, de manquer de vocabulaire, pour regretter surtout d'avoir troqué ta petite poste de Saint-Laurent vétuste et charmante contre des responsabilités qui t'oppressent et qui, je le sais, doivent te faire boiter plus fort.

Parfois aussi, tu viens. Rarement quand on t'attend. Comme avant, tu laisses ta voiture au petit bonheur, tu frappes craintivement, tu espères presque qu'il n'y aura personne. Tu te diras après « c'est bien fait pour moi, je n'avais qu'à prévenir ». A tout hasard, tu abaisses la poignée de la porte. Tu n'entres qu'à moitié, n'appelles que tout bas. Et quand on te découvre enfin, quand on s'exclame, qu'on accourt vers toi en te tendant les bras, tu ris d'embarras, tu danses d'un pied sur l'autre, profères quelques syllabes incohérentes, et pars à reculons vers ta voiture pour rapporter le nougat, le vin, les fleurs que tu n'avais pas pris tout de suite, par superstition, par timidité.

Marcel Facteur, je t'aime. J'aime être seule lorsque tu arrives, chargé de présents et de pudeurs, empêtré de rêves. Je me serre contre toi, reconnais des mains et du nez ton grand corps que la conjugalité a légèrement épaissi, et ton odeur si familière. Tu me cites chaque fois une eau de toilette différente, mais tu sens toujours la même chose, un parfum d'air vif et de foin, de sueur animale et saine. Tes gestes de paysan gauche et solide s'arrondissent autour de moi, tu me berces contre ton ventre et ta poitrine, je vois la peau blanche de ton cou puissant dans l'échancrure de ta chemise ouverte, je sens l'étoffe rugueuse de ton jean contre mes cuisses, j'ai envie d'écouter nos corps se dire qu'ils se reconnaissent et se désirent sans urgence...

Tu me donnes des nouvelles sommaires de ta récente petite famille, tu ne t'assois pas, tu piétines sur place en te frottant les mains, sollicité déjà par tant d'autres ailleurs qui t'appellent et t'effraient. Déjà tu parles de repartir, seulement un moment, de revenir ensuite, tu restes finalement, tracassé d'incertitudes, résigné, d'un haussement d'épaules fataliste, à ne pas accomplir le programme prémédité, plein de soupirs et d'envies contradictoires.

Si je veux te garder tout à moi, sans te voir trépigner d'hésitation, c'est facile : Marcel, gentil obsédé sexuel, je te raconte des choses suavement abominables, et tu roules de gros yeux avides, tu ouvres la bouche, tu m'encourages d'exclamations incrédules et de petits bêlements ravis, tu ne penses plus à ceux de Saint-Laurent, que tu devais passer voir, ni à personne. Tu refuses le verre que je te propose, tu ne veux boire que mes paroles, je t'abreuve de confidences éhontées, je t'offre un flot de fantasmes allègres, et te voilà songeur, ébloui, tout transporté de visions magnifiques et obscènes. Alors tu dis : «Ça y est !», tu écartes les bras, tu fixes d'un regard plongeant, égayé et contrit cette partie de toi-même si prompte à l'émotion, et, mon dieu, où est le mal, Marcel rêveur ? tu bandes...

Notre histoire, ce fut tout de suite cela. Ce jeu tendre entre nous, cette provocation de mes mots, de mes gestes, et ta béatitude à peine révoltée, à te laisser bousculer. J'ai su à ton premier regard levé sur moi, de derrière le comptoir de la poste, qu'inconsciemment, tu m'attendais. Plus tard, quand j'ai frappé chez toi, j'escomptais déjà ta panique joyeuse, et l'apaisement que j'en retirerais. Te chambouler, moi si laide avec mes gros boutons, te déboussoler, adorable Marcel, m'était plus nécessaire que la pénicilline dont je me tartinais. Je revois la scène avec une exquise précision.

« Je suis venue me faire payer le café. Vous avez vu ce qui m'arrive ? »

Tu as des yeux tout ronds, tu ouvres la bouche, les bras, tu dis « non » d'un air ahuri, puis l'égarement te prend, tu traverses en deux enjambées la poste devant moi, tu dis encore :

«Oui, heu, c'est que, bien sûr, oui, oui, je ne m'y attendais pas, mais c'est une bonne idée ! Je vais ranger un peu ! Entrez, entrez ! »

Tu es déjà dans la cuisine, tu tournes sur toi-même, vires, perds la tête, attrapes une assiette sale, la reposes, presses l'éponge en commentant :

« Je n'ai pas fini de m'installer. Du café ! J'en ai ! Mais des tasses ??? »

Tout te bouleverse, la recherche du sucre – où, où le sucre ? –, des cuillères – ah ! en voilà une ! –, le branchement de la cafetière – débrancher d'abord la radio, « Moi, sans la radio... » –, la tapisserie où tu suis mon regard.

« Oui, c'est là que je vis, mais, bon, je m'en irai bientôt. »

J'ai interrompu ton flot d'excuses, je devais être sinistre.

« Non, vraiment, vous ne trouvez pas mes furoncles hideux ? ».Tu as lâché le robinet, t'es retourné, ingénu :

« Quels furoncles ? »

En partant, je me sentais légère. Je riais.

« Qu'est-ce que vous devez penser ! »

Tu as protesté, mains ouvertes, regard candide, phrases haletées :

« Moi, moi ? Mais une visite comme ça... c'est trop ! Je vais y penser tout l'après-midi, moi, vous ne me connaissez pas. Il ne m'arrive jamais rien ! C'était une très bonne idée de venir. Revenez quand vous voulez. Mais prévenez, que j'aie le temps de préparer ! »

Tu as eu un coup-d'œil penaud pour la cuisine, par-dessus ton épaule. Tu as ouvert la porte.

« Tout l'après-midi, je vais rêver ! Un type comme moi, à qui il n'arrive jamais rien ! »

Modeste et charmant Marcel ! Tu venais pendant plus d'une heure de me raconter à ta façon, avec tes mots trébuchants et tes phrases tronquées, une histoire d'amour violente, cinématographique à force de cahots et de déchirures... Encouragé par mon écoute, mon aisance à te souffler le mot que tu cherchais, ma promp-titude à disséquer, à deviner, tu avais commencé une confession qui ne devait jamais finir. Et moi, ravie de te surprendre, charmée de ton trouble, qui n'osais encore que des regards hardis et des termes raisonnablement crus, je suis devenue, pour toujours, l'agitatrice douce et brutale, qu'on redoute et qu'on espère, la confidente, l'accoucheuse de tes souvenirs, l'historienne de ta vie, le témoin de tes amours. Marcel Facteur, mon héros bal-butiant et si vite affolé, ce jour-là, je me suis promis d'écrire ton livre...

Tout petit déjà, tu me l'as raconté, tu es à l'écoute. Pourtant on ne parle pas, chez toi. On travaille, on souffre, on vit, on meurt sans rien dire. Dans la grande ferme inconfortable, toi, tu t'occupes des vaches. Ce sont elles qui te parlent. Avec leurs gros yeux lents, leur corps nonchalant, l'hypnotique balancement de leur queue, sur la route où tu les suis, serein. Tu comprends leur langage, sais traduire leurs mouvements de tête, les frissons de leur pelage beige, l'agacement de leurs oreilles où vibrent les mouches. Parfois, elles courbent la nuque, appellent d'une voix rauque. C'est que l'orage proche les inquiète. Parfois le taureau leur manque, tu saisis leur nervosité, ces grandes ondes qui courent sur leur flanc comme le vent dans l'herbe. Les longues journées chaudes, elles cherchent l'ombre et la fraîcheur du pré sous leur panse. Elles te laissent tranquille, à rêver sans fin. Tu écoutes alors les bruits et le silence, le cri des insectes de l'été, le froissement rapide d'une aile dans un buisson. Tu écoutes la vie, simple et bonne, qui coule autour de toi et en toi. Souvent tu te livres à un cérémonial lent et soigneux, tu couches des gerbes arrachées en un creux de rocher, comme pour te faire un nid. Tu t'entoures de mousse, de feuilles tendres, tu ajoutes des pierres aux murs naturels de ton abri, tu fignoles amoureusement l'endroit, et enfin, très solennellement, très précautionneusement, tu te déculottes, et libères sans hâte l'envie, bien mûre, bien lourde à présent dans ton ventre, tu chies avec un bonheur majestueux sur ton trône de verdure, seul, grave et heureux sous le ciel bleu...

L'école ne t'intéresse pas. Prend ton temps sans retenir ton attention. De ton banc, tu imagines le monde, le sourd travail de la nature, sous les champs blancs de givre, et les jours de pluie, tu songes aux jardins, aux récoltes futures. Tu es un doux cancre timide, inoffensif et muet au fond de la classe. Chez toi, on accepte sans s'étonner que tu ne brilles pas, tu n'es pas doué, voilà tout. Un petit paysan scolarisé par obligation, mais voué à la terre et aux bêtes, et utilement préoccupé de son troupeau quand les vacances reviennent...

Mais parce que le maître est « mauvais », parce que tes parents ont eu avec lui des relations épineuses, on te fait quitter l'école du village pour te placer à trois kilomètres de là, chez une grand-tante. Nouvelle école, nouveaux travaux. A Contrevoz, tu as dix ans, et, la classe finie, tu travailles comme un homme, à la grange, aux prés, au jardin, à l'étable. Pourtant l'univers des femmes se met à te fasciner. Tes cousines, destinées aux tâches ménagères, tu les regardes avec envie. Souvent tu te rues sur le balai ou sur la vaisselle à leur place, tu voudrais les devancer, les supplanter. Leurs mains, leurs gestes te semblent en possession d'un pouvoir solennel et magique, tu convoites leur énergie méthodique, leur précision et leur rapidité pour essuyer les verres, préparer le café, ranger les cuillères, battre un tapis... Il y a dans leur cuisine, une poésie pleine de bruits familiers et rassurants, pleine de parfums qui t'exaltent...

Et puis Paulette... Paulette dont tu ne sais même pas si elle est jolie, mais que tu aimes à pleins yeux, à pleins silences. Son coude contre ton coude, au bureau où la maîtresse vous tolère côte à côte, son odeur de petite fille, si différente de ce que tu as connu. Est-ce sa peau qui sent le plus, qui exhale des fragrances mêlées de savonnette et d'eau de Cologne ? Ou bien ses cheveux, que la pluie a mouillés tout à l'heure ? La laine de son pull-over, qui fleure le chaud, l'intime ? Son haleine aussi t'endort de volupté quand elle chuchote à ton oreille de petits riens magnifiques. Elle se penche vers toi « regarde ma gomme ! ». Elle a mordu dedans, l'entaille est parfaite, on voit la trace nette de l'incisive. Toi, tu résistes au désir de manger la gomme entière, et de boire à la bouche de Paulette, de boire la bouillie de gomme mélangée à sa salive. Tu ne réponds rien. Tu poses le bout du doigt sur la douce blessure, plus blanche que le reste de la gomme. Derrière, ça recommence. Ils ricanent encore : « Hou ! les amoureux ! » A la récré, à la sortie, dans le village, partout on vous rencontre ensemble. « Hou ! les amoureux ! » Et vous haussez les épaules, heureux, dans le fond, qu'on vous marie ainsi, heureux que votre amour éclate aussi fort, heureux et un peu penauds.

Le jeudi, ton nouveau copain Pascal t'attend parfois à la boulangerie de son père. Vous pesez la farine, vous remplissez les sacs en papier d'un kilo. Au bout d'un court moment, vous chahutez déjà. Le soir vous trouve tout blancs et rigolards. Ce n'est pas pourtant la rigolade qui t'attire le plus chez Pascal. Ce sont les odeurs de gâteaux et de pain, et cette légèreté, cette suavité de la farine où tu plonges des doigts extasiés. Tu es un sensuel, Marcel, et tu n'en sais encore rien.

Tu vas rester trois ans en pension chez ta tante à Contrevoz. De temps en temps, tes parents viennent te voir. D'autres fois, c'est toi qui retournes à Cheignieu à vélo. Là-bas, oubliées Paulette et sa douceur murmurante, tu t'éprends d'Isabelle. Cette fois, tu es un amoureux plus averti. Tu as remarqué qu'Isabelle rime avec « belle ». Tu lui as pris un ruban. Tu souffres de l'attendre et vis de l'espérer, parce qu'elle est citadine, et ne vient à la campagne que le dimanche. Tu la guettes, tu l'appelles. Elle est plus petite que toi. Elle a de jolis habits, des chaussures propres qu'elle ne pose pas n'importe où. Elle se promène avec toi un petit moment. Toi, pour avoir une contenance, tu mènes ton vélo d'une main. Tu lui ramasses une fleur, une pomme. Elle rit de l'offrande, qu'elle méprise. Elle a sa timidité, elle n'ose pas croquer dans le fruit, ni garder la fleur. Tu shootes dans la pomme jetée comme pour avouer que tu te trouves idiot, qu'elle a raison, que tes cadeaux sont misérables et bêtes. Un jour, à ton appel devant sa maison, c'est son aînée qui répond. Elle sort d'un pas décidé :

« Laisse ma sœur tranquille ! Tu ne crois tout de même pas qu'elle va épouser un bouseux ? »

Le mot te salit l'âme, roule dans ta tête comme la pomme dédaignée, flétrit ta tendresse. Tu ne l'oublieras jamais. Tu rentres chez toi sans penser à monter sur ton vélo, surpris d'avoir si mal, comme étourdi de tristesse.

A dix ans, te voilà encore pincé. Cette fois, c'est du sérieux, c'est une femme que tu adores dans l'ombre. Minou. Dix-sept ans, fille de militaire. Une créature ravissante qui sait s'habiller pour plaire. Elle porte des pulls chaussettes si moulants qu'on voit le bout de ses seins. Les garçons se poussent du coude quand elle passe, hypnotisés par son cul qu'elle roule en marchant. Toi, bien sûr, tu restes discret, tu ne te déclares pas, même si les grands te chahutent un peu, quand ils vont retrouver Minou. « Alors, Marcel, c'est ton tour ? » Ils font semblant de t'inviter au régal et puis tu les connais, à la dernière minute, ils vont te repousser d'une bourrade en éclatant de rire. Tes grands frères, eux, font partie des privilégiés qui se « tapent » Minou. Après, ils commentent, comment elle met la langue en embrassant, comment elle ouvre les jambes, et la profondeur vorace de sa chatte, et combien de fois elle en redemande. Tu ne comprends pas tout, seulement qu'un mystère gluant les attire vers Minou, et qu'ils s'en moquent après, avec des mots orduriers. Toi, tu rôdes, mine de rien, autour de leurs réunions. Sitôt remarqué, sitôt exclu. Alors tu cultives l'art de te faire oublier, tu laisses traîner tes oreilles et tes rêves, tu glanes ici et là des vocables étranges : « foutre », « mouille », et tu voues à Minou un culte naïf et troublé. Pour imiter les grands, tu t'entraînes à fumer, tu façonnes d'ignobles cigarettes avec de l'herbe sèche, et tu t'étouffes en solitaire, les doigts savamment repliés sur la tige âcre qui se consume. Au bord de la nausée, un vertige te prend, tu penses : « Minou ! Je t'aime ! » Tu crois chavirer d'amour, ce n'est que la révolte de ton estomac qui va se retourner. Tu es livide et tremblant, romantique à souhait : « Minou ! » Tu dégueules enfin, à genoux. L'amour, c'est terrible.

A force de discrète assiduité quand les grands discutent, tu finis par faire partie de leurs décors. Ils t'admettent à présent dans la grange à Dépré, où on a remisé une vieille guimbarde hors d'usage. Tu prends le volant, pour un voyage onirique. Derrière toi, un rideau te sépare des passagers. Tu transportes à ton bord Minou et ses galants. Combien sont-ils là-dedans ? Tu l'ignores. Tu tires sur le volant, à droite, à gauche, tu manipules le levier de vitesse, tu simules, à bouche fermée, le ronronnement du moteur. Derrière, il se passe des choses énigmatiques. Tu entends des exclamations étouffées, des soupirs, parfois le rideau se soulève et te frôle, tu sens comme les frissons d'une lutte dans ton dos. Que font-ils ? La curiosité à vrai dire ne te dévore pas. C'est peut-être que, au fond, tout au fond de toi, quelque chose a compris, quelque chose qui s'alarme et qui gonfle, qui te tient chaud, qui te rend lourd, qui t'emmène, par le ventre, au pays du plaisir. La voiture est un univers clos et protégé, un nid à rêves, tu danses et rebondis sur les coussins défoncés, tu fouettes ton émoi aux ressorts complaisants. Quelle odyssée! Ton cœur tambourine dans ta culotte, et c'est une drôle de baguette qui bat la mesure du voyage... Sans imaginer ce qui se passe derrière toi, tu te répètes « Minou! Minou est là », et une force impérieuse t'ouvre les genoux, te bombe le ventre. Ça aussi, comme l'envie de vomir, tu crois que c'est l'amour.

A renifler toujours dans le sillage des grands, à humer leurs secrets, tu fais des découvertes. Tes frères possèdent une collection de bandes dessinées très spéciales. Ils ont beau les fourrer dans les endroits les plus variés de la maison, tu les déniches avec un flair infaillible. Les pages défilent sous ton pouce fiévreux. Tu entrevois des graphismes délirants, des formes exaltantes. Les femmes ont des seins énormes, des tailles lilliputiennes, des fesses rondes comme des planètes. Elles s'offrent au fil des histoires, jambes hautes, ou culs élargis, leurs bouches épaisses appellent la violence, leurs cheveux volent dans la valse des étreintes, leurs prunelles jettent des éclairs. Debout dans l'entrebâillement d'un placard profané, tu n'en crois pas tes yeux, feuillettes de plus en plus fébrilement, piégé par les courbes hallucinantes, l'insolence sensuelle des gros mamelons dardés. Ton ventre devient lourd, descend tout entier dans tes couilles, ta queue se lève douloureusement dans ton slip trop serré, électrisée par des millions de fourmis féroces... Tu planques ton butin sous ton pull, refermes la cachette. Tout à l'heure, tu prendras ton temps pour tout voir, dévorer chaque dessin, apprendre par cœur le moindre repli, le moindre méandre, le moindre rictus gourmand de ces femmes de papier sans pudeur ni limites... Tu te diriges, comblé par la promesse d'un moment intense et féerique, vers la cabane du jardin. Des latrines sommaires, une planche de bois trouée sur un tonneau, et autour, les lattes disjointes des quatre murs, imprégnées d'une odeur déliquescente, torride, fabuleuse. Là, tu t'installes, pantalon et slip aux genoux, et ta queue qui n'a pas désarmé monte toute droite à l'assaut de ton pull, où elle s'agite par à-coup, redressant la tête comme une bête en alerte. Tu n'ouvres pas le journal tout de suite. D'abord, la couverture, ses couleurs abâtardies sur le papier médiocre. Une bacchante révulsée écarte des cuisses rondes, et sa chevelure pendante balaie, dans son offrande, ses reins de belle jument.

Entre les cuisses, rien de précis, un fouillis de petits trait noirs, un gribouillis hérissé qui te captive. Tu poses la langue sur l'endroit. Goût de papier journal, d'encre, mêlé aux effluves du cabinet. Ta queue caracole. À la première page, tu lui concèdes la récompense attendue : entre le pouce et l'index de la main droite, tu la prends par la peau du cou, d'un pinçon ferme que tu relâches et resserres tour à tour. Ça lui étrangle le museau, et elle aime ça. Tu poursuis ta contemplation, les yeux rivés, entre deux brefs regards à travers les mauvaises planches du cabanon, sur les anatomies de ces belles cavales délurées. Souvent, elles sont plus nues que nues, sanglées de porte-jarretelles, de corset, attifées de guêtres, de gants, et leur soutien-gorge satanique laisse apparaître le bout survolté de leurs faramineuses baudruches. Ta bite ponctue et approuve, de brèves sac-

cades, chaque émoi nouveau, chaque découverte subli-
me. Tes doigts sur elle sont de plus en plus complaisants. Dans la friction, elle laisse échapper une odeur
intime, un peu acide, qui n'appartient qu'à toi. Dehors,
le jardin est toujours désert. Ou alors quelqu'un est là,
penché sur les salades, ta mère, une de tes sœurs, on ne
te soupçonne pas, ton cœur bat, tu vas exploser de
volupté au milieu de tous ces relents mêlés, la vieille
pisse, la merde en fusion, l'encre de la revue, l'haleine
de ta queue subjuguée... La pénombre te protège, noie
un peu les contours lascifs de tes muses en folie, voilà
qu'un homme surgit à la quatrième page, casquetté,
botté de cuir, il va les fouetter, les traite de chiennes, ça,
tu l'as bien lu, l'insulte t'a sauté à la rétine, et voilà que
cet homme, c'est toi, Marcel, tu serres ta queue comme
une cravache, elles vont déguster, ces chiennes, tu es
leur maître, tu vas les mettre à genoux et frapper leur
gros cul de salopes, une divine colère te prend à la
gorge, aux couilles, tout remue en toi... Quelle sensation
grandiose ! Quelle ivresse, quel brûlant bonheur !

Mais on t'appelle là-bas, on te cherche... L'heure
n'est pas encore venue du total éclatement. Tu rem-
balles en hâte ton plaisir incomplet, ta queue gorgée,
rétive, qui résiste aux boutons de la braguette ; en che-
minant, tout engourdi, vers la maison, tu sens le magazine froufrouter sur ton cœur, remuer comme une aile
captive, dégager une tiédeur douce. Comme elles sont
chaudes, tes femmes de papier, comme elles sont
vivantes contre toi ! Au lit, ce soir, tu les retrouveras,
rien qu'en fermant les yeux, et, sous les couvertures, tu
les battras encore de ta verge odorante et têtue...

Un jour, au cabinet, tu connais une exaltation plus terrible encore que de coutume. Tu es là, dans ton recoin obscur dont les remugles te bercent, et dehors, on s'agite, presque sous tes yeux. Tes frères chargent leur voiture, ils s'apprêtent à un voyage. Tu suis leurs allées et venues d'un regard discontinu, posé alternativement sur les pages de ta revue. Tu passes sans transition des splendeurs de la chair aux mesquines péripéties des préparatifs fraternels. La famille est réunie pour conseiller et commenter... On t'a oublié. On t'ignore. De te savoir si près d'eux et, en même temps, si invisible, si protégé, te bouleverse. Tes doigts sur ta queue deviennent fous, plus rapidement que de coutume ; leur frénésie t'étonne d'abord et te déplaît. Ils vont trop vite et trop fort, ils gâchent la montée de la joie, sa gestion délicatement équilibrée au fil des pages. Et puis tu t'abandonnes à leur autorité, sans force pour lutter, dépassé, submergé par leur savoir. Ils turlupinent ta queue avec une célérité démente, tu sens en toi la naissance d'une vague terrible, qui va t'engloutir, tes doigts serrent, lâchent, serrent, lâchent la peau de ta bite furieusement, on dirait du morse, un message échevelé, un appel de détresse, un SOS. de plus en plus urgent, c'est sûr, tu es en perdition, il va t'arriver quelque chose d'abominable, de terrifique !!! Ça y est ! C'est arrivé, tu viens de lâcher un jet blanc, en voilà un autre, un autre encore, tu pisses du lait concentré, ta main mouillée, ta cuisse engluée, ta bite émerveillée, ta bouche tordue, ton cœur chambardé, ton ventre incandescent, tes reins bienheureux, tes couilles béates, ton cri retenu, ton souffle suspendu... Tu as joui, tu as juté, ça s'appelle comme ça, c'est ainsi qu'ils disent, les autres, les grands, et, mon dieu, mon dieu, tu es un enfant perdu, un horrible salaud, la bouillie crachée va germer, tu sais qu'on en fabrique des bébés, tu t'es engrossé tout seul, pauvre Marcel, si honteux, si sale, si hagard, si ébloui, si accablé de plaisir... Plus jamais! Plus jamais! Si tu en réchappes, si tu survis, si ta turpitude demeure secrète, c'est juré, plus jamais tu ne recommenceras!

Deux heures après, l'infect cabanon te revoit pantelant, torturé de joie, habité de terreur, et sitôt libéré, priant : « Mon dieu, c'est trop bon, ne me punissez pas!... » Et toutes les nuits et tous les jours suivants, partout, à la grange, dans ton lit, dans les chiottes de l'école, l'incroyable fièvre t'envahit, te secoue, te harcèle, te vide pour te reprendre encore... Tu as quinze ans. L'obsession du plaisir et sa quête effrénée se sont définitivement emparées de toi. De la chimère, tu es passé à son semi-accomplissement : Marcel rêveur vient d'être promu Marcel branleur.

Curieusement, les filles disparaissent de ton horizon. Tu n'es plus amoureux. Les secousses que tu t'octroies monopolisent tes espérances. Tu es devenu un consommateur acharné de dessins érotiques, d'images lascives, de scenari cochons. Le texte, tu t'en fous. Tu t'impatientes à déchiffrer plus d'une ligne à la fois; tu ânonnes lorsqu'on te fait lire en classe... Mais tu connais par cœur désormais chaque nouveau numéro des collections fraternelles, chaque planche, chaque vignette. Tu évolues dans un univers fantasmatique, qui te fait rappeler à l'ordre cent fois par jour par les professeurs. On te trouve distrait et décourageant, piétinant sans vergogne au collège où tu as fini par arriver. Tu redoubles cette année-là, une fois de plus. En 3e à seize ans, et pas l'air affolé pour autant. Toujours perdu, toujours ailleurs. En marchant aussi, tu sembles chavirer. C'est que tu as mal au genou, mais nul ne le sait, même pas toi, que ton monde de plaisirs clandestins finit par accaparer.

Ton père vient de mourir brutalement. Ta mère est restée digne et muette. Après l'enterrement, la vie a repris son cours, il y avait encore plus de silence à table, c'est tout. Tu as eu honte et peur. Peur d'être coupable, avec tes sales manies. Honte de ne pas savoir dire ton chagrin, de ne pas savoir même le sentir vraiment en toi, et honte de consoler ce fantôme de chagrin avec les gestes précis qui, peut-être, l'avaient causé. Une histoire de fou. Le dégoûtant Marcel a tué son père en se branlant à tout bout de champ. L'ignoble Marcel se rassure et se démolit à la fois en se branlant encore... Sa mère l'appelle :

« Viens un peu là ! »

Il tressaille, il est découvert !

« Tu boites ? »

Il boite, c'est vrai. Il ne s'en rendait pas compte. Tout attentif à ses frénétiques délices, il n'a jamais entendu la douleur. Le médecin lui arrache des cris qui l'étonnent, prescrit une radio du genou. Marcel se demande si on ne devrait pas aussi lui radiographier la bite, il sent là-dedans comme une calcification de plus en plus impérieuse. Bien sûr, il n'en confie rien au docteur. Le soir, il se branle trois ou quatre fois, parce qu'il a peur de l'hôpital, le lendemain.

Ta tumeur était déjà grosse. Ils ont enlevé la rotule, râclé l'os partout, autour, placé une prothèse. Les infirmières se montrent douces et gentilles, elles te manipulent avec précaution. Évidemment, tu n'as pas pu emporter avec toi tes icônes. Alors, insensiblement, tes muses changent d'apparence. Elles ne sont pas si décolletées, si dénudées, si sanglées. Les voilà de blanc vêtues, et leurs fouets sont devenus des ciseaux et des pinces. Lorsqu'elles s'approchent de toi, tu trembles. Heureusement, elles ignorent que seul le trouble te fait frémir. Elles te trouvent courageux : jamais tu ne t'es plaint. D'une main à ton front, elles t'encouragent pourtant, émues par l'anxiété qu'elles croient lire dans ton regard, et qui se résume à l'unique crainte de bander trop ostensiblement. Autrement, la plaie ne t'épouvante pas, tu suis d'un œil paisible les manœuvres, l'ablation du pansement, le nettoyage de la balafre, l'extraction des points. La rééducation t'occasionne quelques grimaces, tu ne vas pas cependant jusqu'à geindre. Dans ta famille, on ne s'écoute pas. Tu es endurci à cette discipline, sans attendrissement sur ton sort. Pourtant, le soir, dans tes draps, il t'arrive de pleurer. Ton plaisir creuse en toi une tranchée amère, et ta fièvre solitaire te rend triste. Mais tu gardes pour toi toutes tes larmes, les blanches et les autres. Quand ta mère vient, vous n'échangez pas dix mots. C'est ta meilleure façon de la rassurer.

L'hospitalisation, le repos forcé qui l'a suivie t'ont encore fait perdre du temps. Tant pis pour le BEPC, que tu représenteras plus tard en candidat libre. Pour l'instant, le travail et la ferme te réclament. C'est l'été. Il faut remplacer le père. Tu n'as aucune directive, aucun conseil. Seulement des gestes ancestraux à accomplir, du matin radieux jusqu'à la nuit qui sent le foin. Tu boites vers la grange, tires la jambe jusqu'aux champs, claudiques derrière les bêtes. Le soir, tes créatures de papier te déçoivent. Soudain plates et trop connues. Elles ont pâli de ton absence, ne te réservent plus aucune surprise... Et puis, tu es une nouvelle fois amoureux.

Avec Danièle, quelque chose mûrit en toi, une rencontre se fait enfin. Le cœur et le corps semblent, pour une fois, palpiter de conserve. Tu l'aimes et tu la désires. Tu as dix-sept ans et tu viens d'échanger avec elle ton premier baiser, un vrai baiser, absolument garanti authentique parce que vous avez mis la langue tous les deux, toi un peu inquiet de t'aventurer au-delà du seuil qu'elle t'entrouvrait, et elle plus que consentante, bougeant contre toi, venant à ta rencontre, dépêchant dans ta bouche une douce et souple limace plutôt effrontée. Aussitôt panique à bord. Ta bite lève la tête, tend le cou, intéressée, s'allonge comme si elle voulait, elle aussi, qu'on la lèche. Tu as honte d'elle, t'écartes de Danièle, qui gémit de la séparation, te rattrape, te récupère, t'envahit encore davantage, se plaque contre ton corps. Alors vous restez là tous les deux à vous embrasser comme dans les films, vos bouches surmenées brassant vos salives, vos langues consciencieuses se lovant l'une autour de l'autre, dans un sens, dans l'autre, c'est Danièle qui donne la direction, toi tu suis, et dans la chaleur de vos ventres, bien droite à leur abri étroit, ta queue alerte fourmille et n'en finit plus de gonfler...

Le soir, dans la cachette de tes draps, tu te repasses indéfiniment la séquence magnifique de votre baiser, et une question soudain t'assaille : qu'as-tu bien pu faire de tes mains pendant tout le temps où vos langues se mélangeaient? La prochaine fois, c'est sûr, tu feras attention. En attendant, tu sais très bien comment les occuper, tes mains, à présent. Tu as trouvé un bien meilleur moyen de jouir. Fini les pinçons délicats sur la cithare enfantine. Maintenant c'est du trombone que tu joues, et joyeusement. Comme il coulisse bien, ton fabuleux instrument, avec quelle rapide aisance il navigue en son étui! Ta main à peine le conduit, on dirait qu'il interprète seul ta symphonie préférée, piano d'abord, et bien ample, puis de plus en plus allegro jusqu'au trémolo final où il grelotte dans tes doigts. C'est pour Danièle que tu as joué, et tu t'inondes en l'imaginant là, devant toi, qui te regarde, aspergée au passage et complice de ta débauche.

L'aube de tes dix-huit ans te réserve un grand chambardement. Une ère s'achève, une autre, combien plus palpitante, s'annonce. D'abord, tu obtiens enfin ce fameux BEPC qui, sur le moment, te semble absolument vide de signification et ne te comble pas même de la plus élémentaire satisfaction. Au contraire, tu as honte de ton âge, tu figurais parmi les candidats les plus vieux, et le papier qu'on te remet symbolise à tes yeux tout le contraire de la gloire : une lenteur certaine, une paresse évidente à apprendre et à retenir, un retard humiliant.

En revanche, ta réussite immédiate au permis de conduire te ravit. Voilà quelque chose de concret et de positif. Pas si bête, le Marcel, pas si ahuri qu'on le croit, tout de même, et, désormais, indépendant dans la vieille R8 brinquebalante, retapée ici et là par les copains et bienheureusement dédaignée des frangins! C'est grâce à elle, grâce à ce permis de conduire brillamment conquis, que tu t'apprêtes à passer ce que tu considères, depuis longtemps, comme ton vrai diplôme d'homme.

Tu as bien écouté les aînés, bien mémorisé les adresses intéressantes de Lyon. Tu as déniché un plan, préparé ton itinéraire. Gare à la ville, à ses feux, ses croisements, ses embarras! Mais tu es si déterminé que le trafic ne te fait pas peur. Ta veillée d'armes, dans ton lit, s'écoule à réviser le nom des boulevards et des rues qu'il te faudra affronter; tu as tout appris par cœur, les sens interdits et les parkings, ton doigt sur la carte navigue à toute allure, pressé d'arriver. Tu fermes les yeux, l'index paralysé sur le point convoité. Comment sera la fille? Tu feuillettes, gonflé de gourmandise, le catalogue de tes fantasmes. Une brune à cheveux très raides, bouche bordeaux, faux cils, faux ongles, l'œil allumé de vice? Une blonde pulpeuse, avec une jupe trop courte pour cacher ses grosses fesses, et des talons aiguilles qu'elle te plantera dans la peau? Une rousse à crinière folle, tout en noir, et devant, fendue par l'ouverture insensée d'un décolleté sans fin?... A imaginer l'une puis l'autre de ces putes se déhanchant devant toi, ta bite extravague. L'abordage ne t'effraie pas, il paraît qu'il n'y a rien de plus facile que de se laisser embarquer. A moins que tu ne saches pas te décider? Si elles te font toutes de l'œil? Si elles te tournent autour, te frôlent, te soufflent dans la figure, te miaulent des appels fiévreux, te roucoulent des promesses folles? Tu vas perdre la boule, pauvre Marcel indécis, tu vas faire des « oh » avec ta bouche de poisson stupide, et tu vas partir tout seul dans ton pantalon, comme un bleu que tu es!

A cette sombre perspective, ta queue en rabat soudain. Écrasée sous les draps par le poids de ton incompétence à choisir, terrassée par ton inexpérience. Une chose est sûre : il faudra te résoudre très vite, demain, que tu aies le temps au moins d'aller jusqu'au bout. Tant pis si tu exploses, la fille à peine enfilée, mais, mon dieu, ton certificat de virilité dépend tout entier de cette minute-là, que tu puisses, au minimum, fourrer ta pine dans une chatte et juter au chaud d'une femme ! Rien que l'idée te file des spasmes dans le scrotum, et, la main en conque, te voilà en train de fignoler le rêve et d'amadouer la promesse. Pour ne pas capituler trop tôt dans quelques heures, autant te vider le plus possible ce soir ! Tu recommences le cérémonial trois fois, une pour la brune vicieuse, une pour la blonde à gros cul. C'est la rousse qui a le plus de chance, tu la besognes long-temps, longtemps, et tu finis par gueuler tout seul en lâchant tes dernières cartouches dans ta paume, serrée comme un joli petit con de rouquine en amour...

Au matin, tu leur ressers une tournée, à toutes les trois, avant de partir. Mais comme tu n'as pas trop de temps, tu envisages un tir groupé. Elles sont autour de toi, la rousse à genoux te bouffe les couilles, la blonde à cheval sur toi te suce la pine en te montrant son gros cul ouvert et la brune... Trop tard, la brune est flouée, tu as éclaté avant de la disposer ! Ta rapidité te navre, comme un mauvais augure... Dans la R8 qui te mène à Lyon, tu n'oses ressolliciter d'une main vagabonde tes fan-tasmes. L'appréhension te rend nerveux, la voiture accuse de sévères embardées, pas question de négliger le volant... Tu t'es garé assez loin exprès. Marcher te fera du bien. Boire aussi, peut-être. Tu t'arrêtes au café. Tu commandes un blanc, puis un autre, et un troisième, par superstition. On doit penser alentour : « Quel homme ! » S'ils savaient...

Tu l'as trouvée tout de suite à l'angle de la rue. Tu ne te rappelleras jamais la couleur de ses cheveux, ni les traits de son visage. Ni la forme, la longueur de ses vêtements. Tu sais juste qu'elle t'a vu et appelé au même instant d'un battement de paupière. Tu l'as suivie. Tu n'avais plus peur des cabrioles folles de ta bite : tu n'avais plus de bite. Tu as payé, elle s'est couchée. Toujours rien. Elle a posé sa main à l'endroit où, normalement, ton cœur bat, ta vie bouillonne, tes rêves gambillent : le désert, le vide, un trou de mémoire gigantesque et terrible. Tu as essayé de t'étendre sur elle. Inconfortable et gênant. Tu devais sentir le vin blanc... Elle regardait ailleurs. Tu cherchais dans ta tête des images, des souvenirs. Tu as essayé les BD, les filles de papier aux montgolfières agressives, le néant. Tu as tenté les infirmières, à poil sous leur blouse, et se trompant de membre à rééduquer... Aucun écho, ton ventre est un feu mort, un pétard mouillé... Tu as appelé Danièle et sa langue indiscrète : tu as pris mal au cœur... Tu es sorti, la tête basse, les oreilles pleines de coton, ahuri de cette panne inimaginable, trahi par tes rêves. Rien à voir avec les échecs précédents. Une morne stupéfaction, analogue à celle qu'aurait pu éprouver le plus brillant élève de la classe en échouant au BEPC, par exemple.

Ce pauvre, ce ridicule Marcel qui craignait de ne savoir attendre ! Tu boites en t'éloignant vers ta voiture, une rancœur hébétée courbe ta nuque, dirige ton regard : ta braguette est toujours à sa place, au rythme de tes pas irréguliers, elle grimace innocemment, l'hypocrite, la lâcheuse. Après ça, va donc savoir à qui te fier !

Bien sûr, les choses se sont arrangées... Toi, Marcel, tu n'as pas de rancune. Et sitôt la frayeur passée, ta bite est revenue. Pas partie bien loin, au fond. Mais planquée, terrorisée. Elle faisait la morte. Quand elle te ressuscite entre les doigts, une tendresse nouvelle te prend pour elle, une camaraderie complice. Tu le sens, il en sera toujours ainsi, elle et toi, vous avez peur des femmes, même si elles vous fascinent.

Le plus urgent, c'est d'effacer l'échec, aussitôt que possible, ne pas rester sur le lamentable souvenir de votre impuissance.

Le deuxième voyage à Lyon te semble aussi onirique que le premier. La mise en scène diffère peu, à ceci près que tu ne bois pas. Et la fille ne te marque pas davantage que la précédente. Tu ne retiens rien d'elle, ni de son corps, ni de ses gestes. Tu n'entrevois aucun de ses mystères, ne perçois aucun de ses secrets. Ce que tu sais seulement, c'est qu'elle exorcise ta trouille. Tu l'as suivie et prise mécaniquement, sans la voir. C'était une affaire entre ta queue et toi. L'excitation est venue vite, le contentement aussi, modeste mais suffisant pour lever l'interdit. Tu as laissé faire ce qui ne t'appartenait pas. On a pris ta bite, on l'a guidée. Une fois dans la place, tu as juste bercé ton désir, une fois ou deux. Ce n'était pas l'envie de la fille qui bandait en toi, mais celle de réussir ton coup, celle de redescendre le vieil escalier moisi content de toi, fier de ton nouveau statut de dépucelé.

C'est après que tu as bu. Après, aussi, que tu as pensé à elle. Tu lui as fait l'amour, en te branlant, bien mieux que dans sa chambre. Plus fort et plus loin. Elle a crié avec toi. Il faudra que tu la retrouves à Lyon, pour ne pas te secouer idiot, pour avoir un prénom à murmurer, un visage à repasser sous tes paupières serrées, quand tu te trombones furieusement. Qui sait ? Peut-être vas-tu l'aimer follement, celle-ci, ta première femme ? Avoir reçu en elle ton jaillissement d'homme la consacre soudain reine de ton cœur, et l'image de Danièle, que tu as adorée trop chastement, s'éclipse, pâlit, disparaît de tes chimères. Tu ne chéris plus, désormais, que cette putain sans visage qui t'a ennobli et délivré. Tu te débrouilles pour la retrouver à Lyon. Tu devines que c'est elle, sans la reconnaître vraiment. Elle tapine au même endroit, juchant son corps menu sur des escarpins trop hauts. Sa silhouette t'est vaguement familière, sans plus. Au contraire, elle se souvient très bien de toi. Ta frimousse d'ange paumé, tes gros yeux bleus timides, tes boucles en désordre. Parce qu'elle a passé la main dedans, tu t'imagines que c'est fait. Tu seras son héros, son sauveur. Tu la sortiras de là. Vous vous adorerez à la vie à la mort, toi magnifique de générosité, oubliant son passé, lui rendant sa dignité avec la liberté, elle te vouant une reconnaissance extasiée... Quand tu rentres à Lyon, tu gamberges, tu te racontes ton histoire dix fois, tu affines la mise en scène, compliques le scénario, la fille est enceinte, ou mieux, malade, tu la soignes et la dorlotes...

Tu te branles, après ces songeries, avec une main pleine de charité, celle qui a essuyé sa sueur et touillé ses remèdes...

Comme tu n'oses pas retourner trop vite chez elle pour la demander en mariage, le temps te dure de la gaudriole. Justement, Danièle, à qui tu ne voues plus cette passion transie de naguère, vient de resurgir à ton horizon troublé. Elle habite toujours son foyer de jeunes travailleurs. Tu vas l'y chercher avec la R8, pour une petite balade vespérale. A la lisière du bois, tu l'embrasses. Son baiser, d'une année sur l'autre, se ressemble, profond et aventureux. Mais Danièle, qui n'est pas pute, ne force pas ton respect, n'émeut aucune sollicitude en toi, ne mobilise ni ta vaillance, ni ta générosité. C'est une petite ouvrière toute simple qui attend tout bêtement qu'on la baise... Tu l'entraînes à l'arrière de la voiture, elle n'oppose aucune résistance. Le problème, c'est que ta professionnelle, si elle t'a bouleversé l'âme et adoubé les ambitions, ne t'a rien appris de précis, rapide comme elle l'était. A tout hasard, tu avances ta main entre les genoux de ta partenaire. On t'accueille. Du bout de l'ongle, tu inventories un fouillis de nylon, de poil, de peau, tu gratouilles un peu, t'insinues à tâtons, te fiant à l'humidité chaude du lieu. Soudain, ton doigt est dans un trou visqueux et doux, qui palpite. Tu remues là-dedans le même index que ta sœur aînée lorsqu'elle veut faire cracher de force à son marmot la bille qu'il vient de gober. D'ailleurs le con de Danièle est une bouche, sans dents, qui mâche et qui aspire, une petite bouche de nouveau-né goulu. Tu en cherches les gencives d'une poussée circulaire, t'enfonces jusqu'à la luette. Danièle se trémousse, très écartée, tu ne vois rien, tu l'entends haleter contre toi, tu sens son genou qui t'entre dans la cuisse à force d'élargir l'accueil. Chez toi aussi, c'est le grand ram-dam, tu as une bite en bois, un rameau vivant où la sève monte. En deux gestes, clic-clac, tu libères tout et d'un bond, tu es sur elle, puis dans elle presque à la même seconde, tu as chargé à l'aveuglette, une veine d'avoir eu le mille du premier coup, et Danièle qui gueule déjà! Tu as beau avoir la tête en feu, tu saisis qu'il s'agit plutôt de cris de souffrance. Tu murmures de vagues excuses, emporté cependant par le roulis qui t'entraîne impétueusement. Tu voudrais te reprendre, te retirer, lui éviter la douleur, trop tard, tu cavales comme un fou et elle brame encore; cette fois, on dirait que ses clameurs ne protestent plus mais approuvent tes coups de boutoir et les saluent... Une frénésie dernière te secoue les reins dans un ballet animal, tu tressautes comme un lapin sur sa lapine, et tu t'effondres sur Danièle gémissante. Ouf! Rien à voir avec la prestation presque irréelle chez la dame de tes pensées!... Danièle, tu l'as vraiment sautée, bourrée, niquée... Un remords tardif vient ternir ta joie. Ta victime était sans doute plus vierge qu'il n'y paraissait. Non, t'explique-t-elle en se rajustant. Non, ses cris, c'était parce que tu es tellement gros... Gros? Tiens! Ta dulcinée lyonnaise ne t'a rien dit. Tu es entré en elle comme dans du beurre, elle n'a pas amorcé l'ombre d'une grimace... Gros? Il faudra vérifier ça aux douches du stade, où tu vas encourager l'équipe de foot du village et assurer une embryonnaire trésorerie. Toi, avec ton genou, tu ne joues pas. Mais tu suis les gars dans les vestiaires, après les matches, et, pendant qu'ils se rafraîchissent, tu leur lis l'état des finances du club. Jusqu'à présent, tu n'as jamais fait attention à leur anatomie. Gros? La prochaine fois, tu regarderas.

Tes études comparées ne t'ont guère renseigné. D'abord, c'est délicat, aux vestiaires, de lorgner les copains à poil. Tu n'oses pas appesantir tes regards. Et puis, lorsqu'ils se lavent, ils sont dans un état de relaxation qui ne permet qu'une très approximative évaluation. Enfin, toi, à ces moments-là, tu es habillé, et il te faut attendre d'être chez toi, culotte en bas, devant la glace de l'armoire de ta mère, pour essayer, de mémoire, de confronter vos dimensions.

Au mois d'octobre de cette année 1974, tu vois soudain tes préoccupations changer de cap. Nanti de ton BEPC, tu peux postuler pour une place de facteur auxiliaire. Ta mère est contente, tu seras occupé et payé. On te fournit même le vélo, sur lequel ta prothèse ne rechigne pas trop. C'est un boulot qu'on dirait fait pour toi. Toujours à l'air, le nez au vent, la musette battante sur tes reins vigoureux, tu pédales d'un bout à l'autre du village, et au-delà, à travers la campagne, attendu, guetté, fêté souvent d'un sourire ou d'un petit café. Ta carrière commence, Marcel facteur, messager tendre et lunaire, oubliant ici un paquet, là une signature, revenant, t'excusant, repartant, heureux sur ton vélo capricieux qui parfois t'envoie au fossé... Les copains ont charrié : « Eh ben ! Tu vas en voir, Marcel ! Les facteurs, c'est bien connu, toutes les occases qu'ils ont ! », et toi, tu as souri, distraitement, ailleurs déjà, tout absorbé par des images de femmes déshabillées et accueillantes, la robe de chambre ouverte pour le courrier du matin.

Pendant deux ans, tu sillonnes les routes autour de Belay. Et en deux ans, pas l'ombre d'une aventure. Les femmes t'épient, c'est vrai. Elles t'aiment bien, t'attirent chez elle pour le café ou la goutte et, dans les meilleurs des cas, y adjoignent un biscuit. Mais elles sont vieilles, ou rouges et grosses, ou malades. Tu reconnais derrière la porte le bruit de leurs savates qu'elles traînent sur le plancher à pas glissés. Tu reconnais leur geste pour écarter le rideau de la cuisine et t'apercevoir, et leur regard presbyte pour déchiffrer la provenance des plis que tu leur tends. Tu sais le tremblement de leur main ridée qui te gratifie d'une menue monnaie quand tu as porté un mandat. Tu as appris déjà à répondre à leurs soupirs par des « eh ! oui ! » et des « eh ! non ! » de facteur philosophe. Elles te raccompagnent sur le pas de la porte en croisant frileusement leur grosse veste tricotée main.

« Pas chaud, ce matin ! L'hiver est pas loin ! »

« Eh ! Oui ! Madame Peloud ! C'est bien l'hiver qui vient ! »

Tu enjambes ta bécane d'un grand moulinet de la jambe, rejettes ta musette derrière toi. Tu t'envoles jusqu'à la prochaine maison, insouciant du gel qui mord tes doigts et rougit ton nez. Un chien aboit sans t'impressionner, te saute au mollet. Tu ris doucement et ton haleine fume dans l'air bleu. Là encore, pas de boîte aux lettres, il faut traverser la cour, frapper, entrer, bavarder un peu. Tu n'as pas vingt ans, et tant de responsabilité pourtant, dans ton rôle de visiteur quotidien ! Que de solitudes tu peuples ainsi, petitement, à ta modeste façon... Que de traits d'union tu tisses entre les familles, que d'espoirs ton passage suscite, mais aussi que de déceptions, que de colère et de chagrin ! Quand les nouvelles ne sont pas bonnes, c'est toi qu'on regarde de travers. On fait semblant de plaisanter : « Des lettres comme celle-là, tu peux les garder ! » On te harcèle : « Toujours rien ? C'est pas possible ! » Et toi, tout bête et penaud, qui voudrais faire plaisir, n'apporter que du soleil, et qui culpabilises, la tête basse... Un jour, tu me diras :

« J'aimerais pouvoir les écrire, moi, ces lettres qu'ils attendent ! »

Peu à peu, tu commences à acquérir de l'expérience. Tu prévois désormais l'accueil qu'on te fera, la mine renfrognée devant les enveloppes du Trésor Public, la prudence inquiète pour signer non sans réticence un accusé de réception, le soulagement dénué de gratitude à l'arrivée d'un paquet trop longtemps attendu, la lippe intriguée pour soupeser et examiner un courrier anonyme... On t'interroge du regard, on te prend à témoin, on te houspille même et tu ne sais plus où te mettre. Est-ce ta faute à toi si la pension de reversion de Mme Bleu a diminué de trente-cinq francs ? Quand l'allocation logement de la Clarisse a été augmentée, tu as accepté, à dix heures du matin le Cinzano qui célébrait l'événement. Mais là, devant Mme Bleu, que peux-tu faire, quelle mèche t'arracher pour participer à son deuil, quelles condoléances présenter ? Tu t'en vas sur un « Eh oui ! », fataliste, en la laissant râler toute seule. Où sont-elles tes maîtresses en froufrou, gourmandes et pressées, qui devaient pervertir ton zèle et récompenser ta débauche ?

Heureusement, il y a Gilberte. Pas une amoureuse, celle-là, non. A peine un exutoire. Mais indispensable à la détente du samedi soir. Les festivités de cette longue nuit hebdomadaire, c'est d'abord le café, au crépuscule, où on se retrouve à blaguer, tous les copains ensemble, et chacun paye sa tournée. On crie, on chahute, on rit.

Vers neuf heures, ayant mangé au hasard de la goguette, on entre au bal. Peu de monde encore, et pas d'ambiance. Alors, au comptoir, on se fait servir le blanc « au mètre » : le garçon ne relève pas la bouteille, du premier au dernier verre alignés sur le zinc, balayant

quasiment deux mètres cinquante de son flot blond. Les
verres baignent dans leurs flaques, vous pissent dessus.
Et on remet ça ! Quand on est bien cuit, on va s'aggluti-
ner au grand trépignement général. L'orchestre joue des
slows pâteux, on attrape une fille au vol, on la presse,
on la colle, on s'éponge les mains à sa taille, on s'essuie
les lèvres à ses cheveux. On tangue, on traîne les pieds,
on sabote un peu. Les plus rustres rotent. Les plus sages
transpirent. Toi, Marcel, tu as peur des filles ici, peur de
te voir repoussé. Tu te sens rouge, mal à l'aise, pas net.
Tu choisis donc une grosse et moche, qui voudra bien
de toi puisque personne ne veut d'elle. Les copains
rigolent et te bourrent les côtes en passant d'un coude
farceur : « Sacré Marcel ! » Toi, tu t'en fous... La fille a
des seins comme des oreillers, tu repenses aux BD.
Bien sûr, ici, pas de dentelle provocante, de cuir érotique. La fille porte une vilaine robe-sac, et ses gros
seins débordent là-dessous, tout mous, en faisant des
vagues qui boursouflent le tissu. Mais que c'est bon cet
édredon contre toi, cette masse moelleuse qui tremble
lourdement ! Comme tu aimerais y enfouir ton nez, ta
bouche, tout ton visage, y mordre, y renifler, y fouiner,
t'y engloutir tout entier et jouir, lové entre ces mon-
tagnes de chair douce, recroquevillé comme un bébé
dans un berceau de mamelles !

Les danses se succèdent, les lumières s'éteignent, les
mains s'égarent. Sur la piste grouille un méli-mélo qui
sent la sueur. Les filles se laissent peloter et les gars
bandent tout contre, en se frottant la bite à leur ventre
bombé. C'est l'heure de la Gilberte. Les coups d'œil de
tes acolytes t'appellent. Tu plantes là ton onctueuse et
passive cavalière, qui te regarde t'éloigner avec un bon

regard soumis de vache.

Dehors, à quelque deux cents mètres du bal, c'est la nuit noire. Une grappe vivante et indistincte s'est rassemblée autour d'un arbre. Tu t'approches. La Gilberte est là, contre le tronc, la jupe relevée, coincée sous le menton. Elle n'a pas de culotte. Sa touffe apparaît dans la lueur d'un phare de moto que quelqu'un de la bande vient de braquer sur elle. On rit et on applaudit, on encourage : « Allez ! Vas-y ! » Un gros gars se décide, avance sur elle d'un pas pesant. Il voudrait la coucher par terre. Courte lutte. La fille résiste : il a plu, le sol est détrempé. La jupe toujours sous le menton, elle écarte les pieds, offre son pubis. Le gars capitule et se déboutonne. D'une flexion de ses genoux arqués, il ajuste sa visée, puis remonte contre la Gilberte, l'embroche. Il lui saisit une cuisse qu'il replie, elle ne repose plus que sur une jambe. Il l'asticote un moment, tu vois ses fesses scander l'invasion, sa grosse main puissante agripper la cuisse de la fille, qui couine et accuse chaque assaut d'un mouvement cassé de pantin. Quand le gars recule, les deux mains à la braguette, un autre prend sa place. C'est un grand très costaud. Il attrape la Gilberte sous les fesses, la soulève toute entière, la cale contre l'arbre, la laboure comme ça, en l'air, elle s'accroche à lui, nouée des mains à sa nuque et des pieds à sa taille, elle vient de perdre une chaussure. Toi, tu regardes toujours, pensif, curieux. Tu aimerais pouvoir te déchaîner aussi, être un grand fauve, un ours, un tarzan, un géant qui baise, un colosse en rut, foncer sur la fille comme une brute, abattre tes monstrueuses pattes sur elle, la prendre, la ployer, la retourner, lui en mettre plein partout et qu'elle gueule d'ébahissement, pourfendue par

ton éperon de titan féroce. Hélas, tu le sens bien, jamais
tu ne sauras bousculer ton pacifisme, rassembler en toi
ce qu'il faut de hargne bestiale pour culbuter une fille
sans avoir peur de lui faire mal. Surtout que, à présent,
tu es renseigné : c'est vrai que tu es gros, démesuré,
même... Les copains du bal qui t'ont vu à l'œuvre te
l'ont dit : « Monté comme un âne, le Marcel. » Et cette
surdimension, loin de te transformer en gorille, de te
conférer une assurance solide et joyeuse, t'inquiète et te
pose problème. Tu redoutes à présent de déchirer tes
victimes, n'oses plus t'aventurer, te cantonnes timide-
ment à des approches tâtonnantes et vite effarouchées.
Avec la Gilberte, c'est simple, tu passes toujours le dernier ! Quand tous les autres ont déchargé, elle est juste
assez lubrifiée pour toi, et, comme ils l'ont joliment
déclaré : « Quand toi, tu peux encore sentir quelque
chose, eux ils nagent ! »

En attendant, tu patauges, les pieds dans la boue, à les
regarder, l'un après l'autre, se soulager sur la pauvre
fille. Tu as vaguement honte, vaguement froid, vaguement mal au cœur. Pourtant, tout à l'heure, quand ton
tour viendra – le coup de l'étrier pour Marcel ! – tu ne
feras pas de manière, tu iras aussi tremper ta gaule, te
trémousser sur Gilberte, consentante et plus molle
qu'un chiffon contre l'arbre où tu l'écraseras. Et tu jute-
ras en elle comme on se mouche, sans plaisir, anesthésié
par tes scrupules inconscients autant que par le froid de
la nuit et les blancs du comptoir, avec au fond de l'âme
une prière nouvelle : « Mon dieu, comme je voudrais
une femme, une vraie ! »

Depuis quelque temps, tu la rêves, cette compagne d'amour idéale. Femelle ostensible, elle offrirait à tes regards éblouis des rotondités subjugantes, sans défi, cependant, sans ce pli cruel qui, aux lèvres de tes créatures de papier, te faisait frissonner d'un effroi ambigu... Qu'elle ne t'intimide pas, surtout, ni par son agressivité, ni par son indifférence. Ta putain en perdition a cessé de t'inspirer, son regard vide au plafond de la chambre te glace rétrospectivement. Mais tu ne la veux pas gentille, non plus. En tout cas, pas comme Danièle, offerte avec bonne volonté à l'arrière de ta voiture, et dont l'affectueux empressement tenait lieu de réelle sensualité. Plus motivée que Gilberte, moins passive, ça, ce ne serait pas difficile. Plus exigeante que Minou dont la morne nymphomanie te paraît, à présent, si triste. Une Femme, une Vraie, pour toi, c'est une élégante et désirable personne, vite convaincue, aisément enthousiasmée, et pleine d'initiatives délicieusement osées. Une charnelle saine et vigoureuse, au geste hardi, à la parole franche, qui jouerait le jeu et se laisserait dominer par plaisir, pour te dominer à son tour, dans le tourbillon de l'émoi, te chevaucherait, t'exhorterait, te sortirait de toi-même à coups de croupe trémoussée et de tétons brandis, te sacrerait prince des jouisseurs, roi des baiseurs, et ferait de son cul comblé le trône de ta virilité.

A l'imaginer contre toi, ton impériale et orgiaque partenaire, tu serres les poings, bandes tes muscles, avances une mâchoire préhistorique et carnassière dans une mimique que je te reverrai souvent. Marcel cromagnon, Homo erectus, le Mec le plus Mec de la création, s'apprête à prendre, avec une sauvagerie dosée à la perfection la Femme-Femme en quête de passion. Le choc des Titans. Petit à-coup des avant-bras qui simule une pénétration tonique, nette et sans bavure, lippe de satisfaction. Regard durci entre des paupières que le désir a rétrécies... Fin du film. Marcel ouvre les yeux, azur angélique dans une bouille soudain enfantine. Éclat de rire pour dédramatiser l'intensité du moment précédent. C'était un film fantastique, aux deux sens du terme, malheureusement, et un rôle, pour Marcel Douceur, de pure composition...

De fantasme en fantasme, Marcel, tu rêves plus fort. Tu as abandonné la bicyclette de facteur, parce qu'il n'y avait plus de travail pour toi, et te revoilà paysan chez ta mère. C'est encore plus de temps pour divaguer, encore plus de loisirs. Les tâches à accomplir, tu les connais tellement ! Elles n'occupent que tes mains, et laissent ta tête libre. Tes évasions se multiplient, tes projections privées abondent. Les réalités banales te servent même, à présent, de tremplin. Tu t'adonnes à des expériences que tu me confieras, plus tard, avec cette expression penaude et ravie que j'aime tant.

A côté de la grange, il y a une cave, garnie d'étagères. Sur ces étagères, tu as posé, consciencieusement, les citrouilles récoltées. Elles passeront l'hiver là, lentement espacées au gré de la demande maternelle. Quand ta mère se décide à faire un gratin ou une soupe de courge, elle t'envoie à la cave. Dans les ténèbres, les cucurbitacées tendent leurs flans généreux et violemment colorés. Tu les tâtes d'une main amicale et familière, arrondie sur leurs courbes. Elles ont la peau douce, des vergetures régulières, une enflure éloquente. Te prennent alors des lubies folles : un jour tu saisis l'une d'elles à bras le corps, l'étreins, la berces contre toi.

Une autre fois tu y caresses ta joue, ta lèvre. Que de dodue fermeté !... Tu décolles, pauvre Marcel, tout troublé et revenu soudain au temps des BD magiques, quand le spectacle des coucourdes héroïques gonflait ta voile et t'emmenait. Tout au fond de la cave, on n'y voit presque rien. L'obscurité autorise la confusion, encourage la loufoquerie, noie le ridicule. Le dernier potiron de l'étagère est attrapé, foré au canif, perfectionné d'un index diligent et sûr. Et tu l'enfiles soudain, ta citrouille, Marcel farceur, les mains agrippées à ses hanches rebondies, la bite au fond de son trou mouillé, frais comme un conte de fée. C'est ta diligence à toi, un carrosse nommé désir, la bonne marraine tourne dans ta tête avec son cul de reine et ses seins comme des coloquintes, et fouette cocher ! tu l'asticotes avec une baguette magique dont elle te dira des nouvelles !...

Et puis il y a le petit veau orphelin. Celui que tu nourris deux fois le jour au biberon. Avec quelle ardeur il happe la tétine, tu sens ses coups de gorge jusque dans tes genoux, où tu le maintiens pendant l'opération. Sa langue chaude s'égare parfois, enveloppe goulûment le caoutchouc, descend jusqu'à la bouteille, frôle tes doigts d'un contact humide et chaud, doux-rapeux, qui te confond. Sacrée bestiole, vite oublieuse de la chaleur maternelle, vite dressée à cette pitance bi-quotidienne, acharnée à survivre et guère étonnée de ce qu'on fait pour elle ! L'innocence absolue, ingrate et stupide, au fond. Tu es seul avec ce nourrisson bêta, qui suce fort et régulier. Le biberon résiste d'abord, plus tu tires dessus, plus le veau aspire, il ne veut pas lâcher. L'arrachement finit par se produire, avec un petit flop. Circonspect, tu introduis ton doigt dans la gueule du gros bébé contra-

rié. C'est plus vivant que la citrouille, plus chaud. Il y a
là-dedans des frémissements, des ondes, des appels, le
veau, naïvement, amorce une succion. Alors tu te débarrasses du biberon, loin derrière toi, tu déboutonnes ta
braguette. L'engin que tu en extrais, déjà fasciné par le
projet, a les dimensions nécessaires pour donner le
change. Le petit veau, sans manière, gobe le gros pis
que tu lui tends, l'enroule dans sa langue souple, aspire.
Derrière tes paupières baissées, tu te passes la séquence,
mille fois rodée, de la Vraie Femme, à genoux devant
toi, tout entière dévouée à ton plaisir, les deux mains
autour de ta bite et la bouche ventousée dessus, qui
t'aspire jusqu'aux couilles, te ronge comme un os à
moelle, finit par te vider à force de tractions diaboliques
et d'aspirations divines... Le fantasme d'une Vraie Pipe
par une Vraie Femme te galvanise, te propulse au fond
de la gorge du petit veau qui, frustré, finit par refuser
l'assaut, tourner la tête, te cracher. Dans ses yeux, la
bêtise s'est muée en reproche... Une honte tardive te flétrit la queue, précipite tes mains dans un remballage fiévreux. Tu reprends le biberon en soupirant, sans regarder ta victime. Tu t'inquiètes tout seul, à retardement : si
on t'avait surpris ? Et puis tu ris à mi-voix, en hochant
la tête, amusé par l'incongruité de tes imaginations.

   Un samedi, de passage à Contrevoz, tu rencontres un
ancien copain en compagnie de sa cousine. Annie, déli-
cieuse brunette aux yeux bleus, te plaît tout de suite. Le
soir, il y a un petit bal au village, et tu es déjà tellement
séduit que tu vas chercher Annie chez ses parents, dont
l'accueil méfiant et pointilleux te met affreusement mal

à l'aise. Qu'importe ! Annie est à toi pour la soirée.
Vous dansez, vous parlez. Cette fille diffère radicale-
ment de toutes tes précédentes connaissances. C'est une
intellectuelle très vive, elle a de l'esprit et de la conversation, t'intimide par son vocabulaire varié, sa classe
naturelle. Tu n'oses pas trop lui donner la réplique, de
peur de commettre des balourdises. Pendant les slows,
elle serre contre toi une paire de petits seins durs, sans
commune mesure avec tes fantasmes débordants, et
pourtant tu te trouves ému. Un tendre respect te garde
de l'entreprendre, tu étudies avec soin les endroits
décents où poser tes mains timides, tu embrasses doucement ses cheveux... Une véritable histoire se dessine,
quelque chose en toi vibre à le deviner.

Vous vous revoyez souvent. Annie est très amoureuse,
très libre aussi. Elle voudrait t'appartenir, s'offre sans
ambiguïté. Tu as peur, tu repousses ses avances, diffères
indéfiniment le moment de la prendre. Tu te sens responsable et maladroit, anxieux de mal faire, désemparé.
Vous flirtez, bon gré, mal gré, très honorablement.
Annie embrasse bien, et tu gâches la saveur de ses bai-
sers à juguler sa fougue. L'envie ne te manque cependant
pas de lui faire l'amour, seulement le courage. Tu as
l'impression que c'est au-dessus de tes moyens, qu'elle
est trop petite, ou trop grande pour toi. Peut-être est-ce
là, la Vraie Femme, celle qui te paralyse et te confond ?

D'ailleurs, la grande aventure t'attend autre part. Tu
viens de réussir le concours de préposé. Tu quittes
Annie pour gagner Paris ; elle, de son côté. doit partir en
Camargue. Vous promettez de vous écrire. Ta mère
t'accompagne au train. Il est dix-sept heures. Ton voyage doit durer toute la nuit, s'achever à l'aube dans une

gare lointaine et inconnue. Des années passeront avant
que ta mère n'avoue avoir pleuré ce soir-là en regardant
partir son garçon pour la première fois. Au petit matin,
un vieux car t'attend devant la gare de Lyon. Vous êtes
là-dedans une trentaine, nouveaux stagiaires ahuris de
fatigue, accourus de leur campagne vers la grande ville.
On vous fait faire un tour touristique de la capitale, on
vous dépose au foyer. Tu as trois mois devant toi pour
trouver un appartement. En attendant, ton emploi du
temps s'organise : tu travailles alternativement de cinq
heures à midi et de dix-sept heures à minuit, au centre
de tri de la gare de l'Est, où tu vas décharger des trains,
et charger des camions. Quand les postiers se font
déménageurs... C'est là que tu te rends compte du poids
des mots. Des sacs entiers de mots, à tirer, soulever,
trimbaler, jeter à bas comme des adversaires au catch.
Sur ton ring, tu boitilles, tu t'essouffles, tu cours, tu
luttes. Et dire qu'on se plaint de ce que les gens n'écri-
vent plus ! Entre deux prises, tu soupires. Tu cogites la
prochaine clef en t'épongeant le front. Ça ne te chagri-
nerait pas, toi, qu'on téléphone davantage et qu'on noir-
cisse moins de papier ! Les gros ballots, saisis par
l'encolure, cramponnés au cul, t'endolorissent l'épaule.
Pour n'y plus penser, tu t'évades. La grande aventure
parisienne n'est pas sur ces quais industrieux et crépus-
culaires, au flanc de ces baluchons bruissants. La grande aventure, la vraie décharge, ce serait la bouche de
cette fille croisée l'autre soir, et sitôt suivie. Quelques
pas sur un trottoir mouillé, quelques battements de cœur
dans l'allée sombre, et la chambre tout de suite, petite,
banale, mal éclairée. Tu te croirais encore à Lyon chez
la prostituée qui te donnait des ardeurs chevaleresques

et des désirs héroïques. Mais à présent, Marcel, tu es grand. Préposé, ce n'est plus facteur auxiliaire. Ton importance nouvelle t'enhardit. Tu vas enfin l'obtenir, ta pipe! Tu n'auras pas honte, comme avec le petit veau. La fille sait ce qu'elle fait. Tu peux fermer les yeux et t'abandonner, oublieux du local pauvre où elle s'est agenouillée. Ses lèvres t'ont ceinturé d'une étreinte savante, sa langue est un berceau de rêve où tu coulisses éperdument. Toute sa bouche te boit, te mange, te pompe, te tire, t'emmaillote d'une énergique douceur, et tu chancelles, ivre du bonheur qui vient, tandis que ta Vraie Femme, magnifique et gourmande salope, se prosterne à genoux pour ton culte privé.

Tout ça, c'est du rêve, Marcel. Tu n'as pas assez d'argent pour t'offrir les services onéreux des professionnelles parisiennes. Pas beaucoup de courage non plus. Ta timidité, bousculée une fois, met du temps à se remettre, tremble encore, longtemps après, du coup d'éclat qui la molesta, le jour où tu osas demander le prix d'une passe. Alors tu préfères fantasmer. A longueur de promenade entre tes deux quartiers préférés, Pigalle et Saint-Denis, tu les détailles, tu les scrutes, tu les compares. Les Noires ont ta préférence. Ah! te payer un jour une Noire bien sombre, bien luisante, avec ses seins d'ébène et ses fesses de bronze, et l'intérieur de sa bouche rouge, vernissé, dévoilé pour t'accueillir:... Paris, aux heures d'après-midi où tu l'arpentes, sent l'amour et la fièvre! Le soir, en revanche, le dernier métro qui te ramène t'épouvante toujours, comme plein de menaces obscures, d'embuscades terribles; tu te sens perdu, alors, tu boites plus vite, tu serres les coudes, tu rentres la tête dans les épaules, et tu penses à ton village. Mais que la vie est belle tout de même sur les quais de la gare de l'Est ! Entre deux colis, on discute. Tes collègues guadeloupéens t'apprennent le pacifisme : pas d'efforts brutaux au travail, halte à la violence ! Leur rêve de paresse bienheureuse se parfume d'un socialisme idéal, ils sont tous cégétistes, t'entraînent dans leurs visions mirifiques d'un avenir meilleur, évoquent déjà les élections de 1981, appellent à une tranquille et lénifiante révolution. Tu t'intéresses à leur politique, souris à leurs rêves, les nourris même de quelques réflexions personnelles. Tu mûris, Marcel. Sur la voie de l'Homme avec un grand H, le Fort, l'Indépendant, le Résolu.

Tu viens de trouver un appartement rue de Valencienne, un septième étage sans ascenseur. L'air de Paris anesthésie ta fatigue. Tu grimpes souvent jusque là-haut, quatre à quatre, insouciant de ta prothèse qui, surmenée, finit par casser. C'est la fin de l'aventure parisienne. Il te faut rentrer vite, te faire réopérer, te reposer. Annie, avec qui tu as échangé des lettres de plus en plus espacées, vient te voir à Belay. C'est le 12 mars 1978, tu t'en souviendras toujours. Ton désir d'elle te semble éteint. Tu lui signifies ton souhait de ne plus continuer votre relation, puis tu l'interroges huit mois sur le bien-fondé d'une telle décision. En novembre de la même année, tu la revois dans un bal. Elle t'attire encore, et davantage sans doute qu'avant. Tu t'approches, l'abordes, tentes de l'attendrir, c'est elle qui te repousse. Votre histoire vient vraiment de commencer.

Tu travailles maintenant à Ambérieu en Bugey. Tu es responsable de l'entrepôt de la gare. Là encore, il faut charger des trains. Mais on est loin de la ruche parisienne, et entre deux factions, tu as largement le temps de divaguer. Les filles te semblent moins farouches, moins inaccessibles qu'avant ton départ. Les aventures t'adviennent, brèves, diverses, et un peu monotones malgré tout. De celle-ci culbutée à la sortie d'un bal, à celle-là, entreprise un dimanche après un match de village, tu leur trouves à toutes le même goût, finalement. Et ton quai de gare, morose, trop vite arpenté, te pèse. Après deux ans d'une routine engluante, ton succès au concours de receveur rural est le bienvenu. Il y a du dépaysement dans l'air. D'abord un stage de trois mois à Toulouse. De vraies vacances. La douceur méridionale, la cuisine généreuse, les Toulousaines charmantes et spontanées. Tu en courtises deux, sans passion mais avec un plaisir tranquille et gourmand, dénué de complication. Tu as raison d'en profiter. Après ce trimestre épicurien, ta vie va basculer. Juste avant ton départ pour la région de Colmar, où l'on vient de t'attribuer ton premier poste officiel, tu retrouves Annie. Toujours plus belle, avec cet air meurtri qu'elle a gagné dans un mariage raté, un divorce précipité. Femme comme jamais, consacrée par les coups durs de la vie. Annie, avec ses deux petits seins durs, ses yeux pleins de larmes, ses gestes de noyée, son visage bouleversant de madone. Annie, ta plaie ouverte, ton tourment. J'ai entendu son nom dès la première fois, dès notre rencontre, ce jour où le sentiment de ma laideur m'avait poussée chez toi. Ce jour où tu m'as dit :

« A moi, il ne m'arrive jamais rien ! »

Vos retrouvailles t'ont tourneboulé. Tu es parti de mauvais gré dans un village reculé, au climat rigoureux, aux coutumes étrangères. Tu t'es senti mal tout de suite, pas accueilli, pas reconnu, comme exilé en terre hostile. Tu disais, en revenant : « Là-bas, ce n'est pas la France. » Ta nostalgie a pris le nom, le visage d'Annie. Annie pas si femme que ça, somme toute, plutôt petite fille, sale gosse égarée, ignorante de ses propres désirs, incertaine de ses sentiments, méchante par désespoir, exigeante, capricieuse, imprévisible et fragile. Annie qui pleurait quand tu partais, qui boudait à ton retour, qui te criait des injures et des mots d'amour à la même minute, te faisait douter de tout, te reprochait : « Tu n'es pas un homme. » Annie à qui tu n'as jamais rien refusé, pour qui tu as fait 1500 km toutes les semaines pendant un an et demi, pour qui tu as voyagé tous les samedis après-midi, plein d'espoir et d'appréhension mêlés, puis toutes les nuits du dimanche, avec le cœur gros de votre week-end gâché, Annie qui t'a obsédé, torturé, comblé de douleurs et de vertiges, qui t'a empêché de t'investir dans ton travail, fait haïr l'Alsace, ta poste, les trains, la tristesse des soirées dominicales et la fatigue frileuse des lundis matins.

Tu as fini par obtenir ta mutation, et c'est ainsi que tu es arrivé à Saint-Laurent. Mais Saint-Laurent, à 35 km de Lyon où Annie habite, c'est encore trop loin. Quand je fais ta connaissance, tu ne penses qu'à repartir encore, à te rapprocher d'elle qui te mange l'âme. Tu me racontes vos rencontres.

« Avec elle, on ne sait jamais comment ça va tourner. On se retrouve, contents. Elle a l'air bien. Une heure après, elle me met à la porte. Je fous le camp en jurant que je ne reviendrai plus. Après, elle m'appelle au secours, elle chiale dans le téléphone. Je craque. Je suis trop faible avec elle. Je ne sais pas dire non. Peut-être, c'est ça qu'elle veut ? Ça qu'elle attend ? Que je sois un homme, un vrai. Elle me dit souvent : "T'es pas un homme !" Elle a raison. Il faudrait que j'impose, que je m'impose. Mais elle est tellement compliquée ! J'ai peur de la bousculer. D'ailleurs, si je la bouscule un peu, presque sûr qu'elle s'effarouche. Et si je la respecte, "on sort si tu veux, on baise si tu veux", elle me méprise. Elle a raison. Je ne suis pas un homme. Il lui faudrait un homme. Pas un qui fait semblant. Moi, pour la forcer, je me force ! »

Annie, tu peux en parler des heures. Elle a eu « des problèmes dans sa tête ». Une sorte de dépression. On ne pouvait plus la toucher. Ça lui faisait peur. Ton sexe lui faisait peur. Et pourtant, tu sentais qu'elle attendait quelque chose de toi. Un jour, tu l'as prise sauvagement, debout, sur un coin de lavabo. Elle ne s'est pas débattue. Elle a aimé ça, crois-tu. Sûr que tu aurais dû essayer plus souvent. Te montrer un homme ! Tu serres les poings, crispes les mâchoires, singes l'homme que tu voudrais être. Quelque chose de vaguement cromagnon. Ta confiance, dès ces premières confidences, m'a touchée. Les préjugés que tu chérissais si douloureusement aussi. Je t'ai assuré qu'à mon avis être un homme, ça ne veut rien dire. Qu'on est tous victimes de conditionnement. Tous aveuglés d'archétypes. Tu as dit :

« Quoi ? Quoi ? Archétype ? Il faut que je retienne ça ! Je le replacerai à Annie ! Ou dans une conversation. Archétype ! Seulement, c'est sûr, demain, je l'aurai oublié !... »

A Saint-Laurent, tu ne moisis pas trop. Chaque soir, ou presque, tu cingles vers Lyon, vers une nouvelle scène, de nouvelles déchirures. Quand tu restes, c'est pour téléphoner. Des heures de palabres, de patients ergotements, d'impuissantes protestations. A l'autre bout du fil, elle crie, elle pleure, elle accuse, elle revendique. Tu promets, tu jures. Parfois, tu t'effondres et tu pleures aussi. Parfois, tu craques et tu raccroches. Pour rappeler cinq minutes après et t'excuser, consoler, rassurer, repromettre, rejurer... Quand on cherche à te joindre, ces soirées où l'on t'a invité à manger, où l'on t'attend, où l'on désespère, c'est à devenir fou. Au bout du compte, on se met à table. Tu téléphones dix minutes après :

« Commencez sans moi, j'arrive. Juste le temps de rappeler Annie. »

Ou bien tu viens à l'heure, mais tu piétines. Tu l'appelles pour lui dire que tu vas la rappeler. Tu pars avant le café parce « qu'elle n'est pas bien », et qu'il faut lui parler. Dans la journée, tu profites de chaque petit moment creux pour tenter son numéro. Elle t'envoie promener quand tu la déranges, mais te sonne dix fois si elle se sent trop seule... Le scénario ne varie pas. On entre à la poste, tu es à l'appareil. Tu dis précipitamment :

« Attends, j'ai quelqu'un, je te rappelle tout de suite ! »

Tu es hagard, très perturbé. Tu te trompes dans les timbres, dans la monnaie à rendre. Les opérations, tu refuses de les faire.

« Laisse le livret ici, je m'en occupe dès que j'ai le temps ! »

Là, c'est manifeste, tu n'as pas le temps. Annie est en

pleine crise, le type avec lequel elle vit à présent lui fait des misères. Toi, promu au rang de confident, tu l'écoutes, tu la plains, tu t'indignes. Tu n'es pas jaloux, presque soulagé que tous ses problèmes aient trouvé un autre bouc émissaire. Mais finalement, tu n'y gagnes rien. Elle t'appelle encore plus au secours, t'engueule bien davantage, et n'est même plus disponible pour les malheureux petits moments de tendresse qu'il vous restait encore. L'autre jour, elle t'a reçu entre deux portes, l'autre venait de partir, risquait de revenir. Et elle t'a secoué, parce que tu te contentes de ses pauvres miettes, elle t'a une fois de plus taxé de lâcheté, de mollesse, d'immaturité. Tu as résolu de ne plus jamais la revoir. Le lendemain, elle pleure au téléphone. Si toi aussi tu l'abandonnes, il ne lui restera plus rien, plus rien au monde et plus personne... Et tu cavales derechef, tout tourneboulé, plein de remords... Tu lui demandes pardon. Te mets à sa disposition. Elle veut te voir samedi, au parc de la Croix-Laval. Le rendez-vous se passe bien. Tu laisses ta voiture au parc, Annie t'emmène à quelques kilomètres de là prendre un verre. Au bar, rien ne va plus. Un détail a fait tourner son humeur. A présent, elle t'invective, les dents serrées, les yeux mauvais. Soudain, elle rafle ses clefs sur la table et te plante là, tout bête devant ton demi. Tu n'essaies même pas de la rattraper. Il te faut faire du stop pour retourner au parc chercher ta voiture. La nuit tombe, sur le bord de la route, le pouce levé, tu boites misérablement. Votre histoire va durer huit ans, et servir de toile de fond à ton passage parmi nous. Pendant huit ans, tout sera assujetti – ta mine, tes rêves, ton ardeur au travail, tes relations avec les gens – aux états d'âme d'Annie. Un coup de fil

gentil de sa part, une entrevue miraculeusement sereine,
et te voilà parti pour une semaine d'enfer, tu arrives le
matin pour la distribution tout jovial, tu plaisantes, tu
racontes avec humour comment ta mobylette t'a envoyé
aux ronciers ; les gens te hèlent, tu n'esquives pas leurs
invitations. C'est d'accord pour la gnole, le pastis, la
soupe du soir. Tu en profiteras pour réaliser des placements, pour faire connaître ta poste, ses services. Tu es
fort et dynamique, entreprenant. Quand Annie a été
méchante, tu échoues à la maison tout gonflé de soupirs, tu traînes la patte. Les gens t'ennuient. Les
hommes, qui te hèlent du seuil de leurs caveaux, les
femmes, plus réservées, qui te vouvoient encore mais te
convient à la table familiale. Avec ta bouille d'ange
naïf, tu leur donnes des attendrissements maternels. Tu
es si gentil, si serviable, tout seul, dans ta poste. Tu
remercies d'un sourire, d'une vague promesse. On te
propose une date, tu t'embarrasses, tentes de biaiser. On
insiste. Tu capitules. Après, tu me confies :

« Ce soir, je mange chez B., ou chez G. »

Je t'interroge sur ton manque d'enthousiasme. Tu
évoques ta comptabilité à refaire :

« Encore 200 F d'erreur hier soir, je suis maudit. »

Tu redoutes les bouteilles qu'on ne manquera pas de
te faire tâter.

« Après, je sors de là, pff ! ballonné ! je grossis. Je ne
sais pas dire non. C'est canon sur canon. Tu parles,
après ça, la piscine ! »

Tu tires vainement sur ta ceinture, pour me montrer
qu'il n'y a vraiment plus de place.

« Et puis, ajoutes-tu, la mère Machin, je trouve rien à
lui dire ! Elle fait des Eh oui ! à longueur de repas. Elle

se plaint. J'essaie de la remonter, je lui conseille un placement. Mais ça m'énerve, je me force !... »

Chez nous, tu viens parfois te consoler. Surtout les soirs où on ne t'attend pas. Nous sommes à table, à l'entrée.

« Prends une assiette, Marcel, mange avec nous. »

Tu protestes.

« Je ne suis pas venu pour ça. Pour la télé. Pour vous voir. Non, je ne veux rien. » Nous insistons. Cloclo se fait câline :

« Marcel, pour nous faire plaisir ? »

Raph aussi devient civil, pousse sa chaise, te ménage une place. Debout derrière nous, tu consens à piquer une rondelle de saucisson dans le plat, puis une deuxième. Nous râlons. Tu lâches du lest.

« Bon, oui, mais pas d'assiette propre, je mange dans l'assiette de Raph, il a fini. »

Tu t'assois, on met ton couvert, tu renâcles, maugrées, t'engueules de ta faiblesse, te rends piteusement avec un petit rire fautif, et des phrases elliptiques :

« C'est moi. Tout moi. Je ne sais pas dire non. Pourtant:... » Pourtant, tu le répètes, tu ne voulais pas tu t'étais juré... Tu prends du fromage, éclates, à nos blagues, d'un grand braiment jeune et détendu, parfois un peu en retard. Tu fais un geste avec ton doigt l'index qui tourne sur ta tempe, qui simule une mécanique trop lente et laborieuse.

« Il me faut du temps, à moi, ça va trop vite ici, trop vite pour moi ! »

C'est vrai qu'à la maison, les mises en boîtes fusent, on s'interpelle, on se charrie, on se bouscule d'apostrophes tendrement ironiques dans les meilleurs jours, et de remarques acidulées plus souvent. A moins qu'on ne donne le spectacle de vraies scènes de ménage, avec injures et griefs, au début vite désamorcées par ta présence, car tu ne sais plus où te mettre, tâches de temporiser, débarrasses le couvert, attrapes la vaisselle, le balai, affreusement gêné de nos règlements de compte publics, impliqué malgré toi, puisque témoin, concerné sans savoir en quoi, coupable de tout et de rien... Les gosses te rassurent :

« T'en fais pas, Sarmel, c'est tous les jours comme ça. Ça va se tasser. »

Par égard pour toi, en effet, ça ne tarde pas à se tasser, on finit par secouer la tête, par rire, par dire, résignés, fatalistes : « Ah ! là ! là ! », on s'embrasse, J.C. commente :

« Ah ! ma chatte, toujours aussi vive ! »

Je rouspète encore un peu, pour la forme.

Plus tard, quand tu t'es bien accoutumé aux turbulences de la maison, tu t'affoles moins, restes assis pendant les anicroches, comptes les points, t'amuses des reparties, soulignes les plus réussies de ton rire d'enfant. Seul avec moi, le lendemain, à l'heure du courrier-café (heure sacrée entre toutes, au protocole peu à peu réglé, peaufiné) tu dis :

« Avec vous, je m'instruis. Vous vous engueulez, mais on sent qu'il y a quelque chose. De l'amour. Ça éclate. C'est sain. Avec Annie, on ne sait pas faire. Il faudrait que je sois un homme, que je gueule. »

J'objecte que, moi, je ne suis pas un homme, et que je gueule aussi fort, et même plus que J.C. Tu réponds :

« Oui, mais toi... »

Tu as vite pris l'habitude de me questionner, sans ambages. Et je réponds de même.

« Tu comprends, toi, dis-tu, tu es une femme, une vraie. Avec Annie, je ne peux pas discuter. Et puis, elle a pas vécu comme toi... »

Ce que tu appelles avoir vécu, Marcel, c'est surtout pouvoir parler de tout, des chagrins, des doutes, des sentiments, des événements heureux ou malheureux que chacun rencontre sur son chemin, mais que peu racontent. Discrétion. Pudeur. Entre toi et moi, ni discrétion, ni pudeur. Une curiosité réciproque, un besoin partagé, de déborder, d'avouer, même l'inavouable, de se sentir écouté, de se trouver intéressant. Mais, parce que je suis plus douée que toi pour le récit, et toi plus avide que moi d'engranger des mots, c'est surtout toi qui interroges. Tout y passe.

« Mais ton couple, comment tu t'y sens, dans ton couple ? Et J.C. ? C'est un homme, lui, non ? (Mimique cromagnon.) Difficile, non ? Tu t'évades parfois ? Tu ne lui dis pas tout ? Et lui ?... Tu crois ?... Vous faites encore bien l'amour ? Il te fait jouir ? Fort ? A quoi tu rêves, le plus souvent ? C'est quoi, ton type d'homme ? A ton avis, une femme peut aimer un mec comme moi ? Comment tu me trouves ? Différent de J.C., non ? Vous vous engueulez souvent : tu as déjà pensé à partir ? Tu aimes mieux qu'il te réponde, ou qu'il se taise ? Comment tu l'as connu ? Comment tu aimes mieux qu'il te prenne ?... Ça t'a fait quoi, ton opération ? »

C'est pour te répondre, en m'appliquant à choisir mes termes, à cerner l'exacte densité de ma peine, que j'ai pris conscience de ma rancune envers J.C. On avait résolu d'avoir un autre enfant. Tout s'était passé selon nos calculs (« Oui, nos calculs, Marcel, pas nos désirs ! » Tu hoches la tête, pour montrer que tu apprécies la nuance).

Et à trois mois de grossesse, j'avais attrapé la rubéole. J.C. était devenu fou d'inquiétude. Avant de décider quoi que ce fût, je voulais attendre, je devais de toute façon attendre les résultats des tests, l'apparition des anticorps qui prouveraient qu'il s'agissait bien de la rubéole. J.C., lui, avait eu des phrases atroces :

« Même si on me prouvait que ce n'est pas ça, je n'en voudrais plus, de cet enfant. J'ai trop peur ! »

En fait, les anticorps avaient fini par apparaître, on m'avait arraché l'enfant du ventre à quatre mois... Je te dis :

« Il bougeait la veille, il se débattait, comme s'il sentait les choses. Depuis cinq semaines, c'est un petit condamné à mort que je portais en moi. Et J.C. ne mettait plus sa main sur mon ventre, le soir, avant de s'endormir. Il se désolidarisait. Il nous lâchait. Je le hais. Je ne lui pardonnerai jamais. »

Tu me comprends. Mais tu comprends aussi J. C. Tu me raisonnes :

« Écoute, bon, d'accord, c'est dur, mais moi, à sa place, aussi, peut-être... Enfin. Je sais pas... Moi... moi. »

Tu as un geste vague de la main, vague et triste, pour signifier que ces choses-là, finalement, te dépassent. Je n'aime pas que tu balances à condamner J.C. Je coupe court à tes errances :

« Toi, toi..., viens un peu là et raconte-moi toutes les cochonneries que tu fais avec les bonnes femmes qui t'attendent en chemise de nuit, pendant tes tournées ! »

Tu gonfles les joues, écarquilles des yeux pleins d'innocence :

« Mais rien, rien, je t'assure ! le facteur qui baise les clientes, c'est un mythe ! »

Tu connais le mot, tu en es fier. Tu le répètes :

« Un mythe ! pas ça ! Rien de rien ! Pourtant y en a... mais aussi... Faudrait être sûr... Moi, tu comprends, je suis pas assez sûr. J'oserai jamais... Il faudrait... »

Tu serres les poings, les mâchoires, durcis ton regard bleu.

« Tiens, la Jacqueline, par exemple, là en bas (tu me montres d'un signe, par la fenêtre, la maison des G. de l'autre côté du pré). J'arrive, la porte est ouverte. J'entre dans la cuisine, elle sort de la salle de bains au même moment, pas boutonnée, décolletée et tout. Elle dit : "Ah ! c'est toi, Marcel, je ne t'ai pas entendu !" Et puis elle se roule, elle se tortille. Tu vois, elle m'allume. Je devrais la prendre là, sur la table. Ah ! J'en rêve, la secouer, là, sur la table. Je suis sûr qu'elle aimerait...

— Si tu es sûr, fais-le ! dis-je.

— Sûr, sûr, enfin, presque. Sûr qu'elle m'excite, ça oui. Je vois ses seins. Et pas des petits, et elle les montre bien, va ! Mais non, non... Je peux pas !... Un jour, peut-être... »

Tu rêves. Ton œil s'alanguit sur une vision plaisante. Tu es devenu le hussard sans scrupule que tu envies tant. Tu as couché la Jacqueline sur la table, as arraché sa culotte, et voilà que tu la fouailles impétueusement avec une trique d'enfer, et ses seins bondissent, dans l'échancrure du peignoir, et, jambes levées, elle roucoule une petite chanson étonnée et reconnaissante. La porte est ouverte sur tous les dangers, mais tu t'en fous. Tu es un homme, un vrai...

De fait, Marcel, tu es un adorable obsédé sexuel.

« C'est ma nature, confesses-tu, je n'y peux rien ! »

Ta nature, comme tu dis, te fait souffrir, te tourmente de songes incendiés, d'appétits torrides.

« Alors, qu'est-ce que tu veux, tout seul..., t'excuses-tu. A longueur de journée... »

Tu fais un geste sans équivoque, la main refermée sur un cylindre imaginaire qui coulisse frénétiquement.

Je m'indigne et m'amuse :

« Non ? Tu te branles ? A la poste ? »

« Mais tout le temps, tout le temps ! reconnais-tu, cher ingénu. Bon le soir, le matin, au lit, pour dormir, me réveiller, c'est normal. Mais dans la journée, je me demande... Des jours, je le fais dix fois. Tu te rends compte ? »

Pardi ! Je me rends compte ! Dix fois ! L'aveu me laisse rêveuse. J'ai envie de te demander combien de fois ça t'arriverait si tu étais un homme, un vrai... Je me retiens, pour ne pas t'entendre inévitablement répondre :

«Un homme, un vrai, ne se branle pas, il baise ! »

Contradictoire Marcel ! tu déplores un mal que tu dorlotes, fréquentes les sex-shops dont tu rapportes des kilos de revues incandescentes, nous demandes d'enregistrer les pornos de Canal Plus, te berces de séquences oniriques pendant lesquelles tu renverses la Jacqueline et une bonne demi-douzaine d'autres usagères de la poste... J'interromps tes délires pour demander :

« Et Annie ? »

Tu prends l'air abattu.

« Ah ! rien ne va plus. Elle refuse à nouveau que je la caresse... »

Depuis peu, tu fréquentes le cabinet d'une sexologue-psychologue lyonnaise.

« Je lui ai dit, racontes-tu, que mon problème, c'était que je ne m'affirme pas assez.

– Et alors ?

– Alors, elle est d'accord.

– Et puis ?

– Et puis rien. Je crois que ces séances ne servent à rien.

– Dis-le-lui !

– J'ose pas. »

Cher timide, chair faible... Parfois, moi aussi, je rêve et je fantasme. Ce serait si tentant, ce serait si facile... T'attraper par ta veste quand tu arrives tout gelé du dehors. Te promettre, avec un sourire sadique et des yeux pleins d'étincelles :

« Je vais te réchauffer, Sarmel, tu vas voir le mythe du facteur devenir réalité. »

Tu te débats sincèrement. Roules des prunelles effarées, coules des regards épouvantés vers la fenêtre, la porte.

« Non, pas là, pas maintenant ! La Jacqueline m'attend, la voiture est en plein milieu de la route !

– Menteur, menteur Marcel ! Tu n'étais pas venu boire un petit café ? Ça ne prendra pas plus de temps qu'un petit café... »

Tu te défends encore.

« Non, non, je te dis, j'ai pas le cœur à ça. J'ai trop peur ! Et puis, en ce moment, je bande plus... J'ai pas le moral. »

Ton semblant de dégoût fouette mon amour-propre, ta peur me surexcite. Je me fais diabolique, mains partout, ventre mobile et pressant. Je sens ton sexe durcir très vite, et ta résistance fondre.

« Ferme la porte à clef ! », supplies-tu.

Tu te laisses déboutonner, te lamentes.

« Non, non, si on vient ? Si on appelle ? Si on frappe ? »

Ta sacoche tourne, ton cache-nez se dénoue, ton pantalon tombe. Tu gémis encore, et soudain tu te rends, dans une sorte de grand cri plaintif et d'élan navré de tout ton corps hagard.

« J'ai les mains froides », préviens-tu, et puis tu te laisses enfin disposer, avec un dernier regard de terreur pour la porte entrouverte, et tes doigts gourds sous mon pull-over...

Je te pousse un peu au hasard sur la chaise du téléphone, nous cavalcadons quelques instants ensemble, complètement fous, joyeux, débridés. Tu oublies de trembler, de chercher tes mots. Tu as des paroles charmantes, des paroles démentes, sans suite et très efficaces, tu t'autorises le plaisir tout de suite après moi, souffles, te relèves, t'ébroues, te souviens de la porte ouverte... Je ris à te voir retrouver tes esprits et tes frousses, et tes scrupules.

« Tu me jures, pas un mot à J.C. Juré, juré, hein ? Jamais, jamais, je ne pourrai le regarder à nouveau si tu lui dis. Déjà qu'il m'intimide... Non, j'aurais trop honte !... »

Je te rassure, te certifie que tu n'as rien à te reprocher, que je suis l'unique coupable.

« Non, mais le problème, dis-tu, c'est que je ne sais pas dire non ! Ça, c'est grave !... »

Je renoue ton écharpe, te raccompagne à la porte, reste à te regarder descendre les escaliers. Tu sautilles en boitant un peu – ton genou recommence à te faire mal. De la buée s'échappe de ta bouche. Tu lèves la tête vers moi, fermes les doigts pour dire que ça pince fort, affirmes :

« J'aime ces froids bien secs, bien durs ! Ça va geler encore au moins huit jours, crois-moi. »

On entend la porte de la Jacqueline qui s'ouvre. Elle te guette. En remontant dans ta voiture, tu me contemples encore, mi-contrit, mi-amusé, complice, tu dis :

« A demain ! ». J'ai envie de chanter, de te crier : « Je t'aime, Marcel Facteur ! »

Je vois avancer les saisons à ton passage quotidien. Le printemps revient avec ta mobylette. Tu as posé l'écharpe, les gants. Tu roules nez au vent, m'apportes une fleur cueillie sur ta route, parles de chez toi, là-bas dans l'Ain, du travail de la terre qui fermente. Sur le pas de la porte où je te raccompagne, tu t'arrêtes un instant, embrasses d'un regard averti les vallons et les vignes des environs, t'exaltes, l'œil et la narine dilatés, le bras levé :

« Tu sens ? Tu sens ? Ça éclate de partout... C'est la Nature, ça, c'est la Nature ! »

Tu as pour la Nature un respect religieux, des attendrissements filiaux, l'intelligence innée de ta race.

« J'étais paysan, moi. Je gardais les vaches quand j'étais gamin. »

Le retour de la sève et des chaleurs te chatouille, te fait craquer et frémir comme un arbre, une plante vivace.

L'été te déshabille à peine. Tu as appris à redouter, dans le labeur des champs, le soleil plus que le froid. Parfois même, tu reprends ta voiture. Mais l'arrêtes toutes vitres ouvertes, portières béantes, radio allumée. Je te reçois dehors en petite tenue, je trie des légumes, une salade pour le repas, et parce que mon mari est là aussi, ou pas loin, tu ne sais où regarder, évites soigneusement de poser les yeux sur moi, dis :

« Veinards ! C'est bon, les vacances, hein ? » et restes à l'intérieur boire le café avec J.C.

Lorsque tu t'en vas, les gosses de la voisine te hèlent :

« Marcel, on fait une cabane, viens nous aider ! »

Tu laisses tomber la sacoche, traverses le pré de ton grand pas claudiquant en criant :

« J'arrive ! »

L'automne ne commence vraiment, la rentrée n'a vraiment lieu que lorsque nous avons mis au point, toi et moi, le nouveau rythme de nos entrevues du matin, variable selon mon emploi du temps. En septembre, tu viens aux nouvelles. Je te dis :

« Je commence à dix heures le lundi.

— Je passerai un peu avant, alors, promets-tu.

— Le mardi, par contre, je finis à onze heures.

— Bon, te réjouis-tu, tu viendras une fois ou deux avec moi au marché m'aider à choisir un jean. Moi, c'est fou, les commerçants me refilent n'importe quoi ! Je sais pas dire non. »

Je propose :

« On pourrait même manger ensemble ? »

Tu t'effrayes tout de suite, reprends tes distances :

« Oui, de temps en temps, mais je ne promets rien. Je suis bousculé, tu sais, je cours toujours. Ma tournée est de plus en plus longue...

— Le mercredi, poursuis-je, je ne travaille pas.

— Bon, très bon, ce sera mon meilleur jour...

— Le jeudi, par contre... Mais tu pourras monter te faire payer le jus par Janine. »

Janine est une excellente personne de cinquante-cinq ans qui s'occupe du ménage de la maison deux jours par semaine. Je te taquine à son sujet.

« Tu lui feras une petite politesse sur la planche à repasser. »

Tu ne t'offusques pas, envisages sereinement l'éventualité :

« Eh ! Si ça se trouve... ça serait bon. Pour elle aussi... Mais faudrait être sûr... Enfin, même en étant sûr... Quoique... »

Tu hésites, pèses les risques de la déconvenue, la bonne surprise imprévue d'un tempérament de feu masqué sous des dehors de femme de ménage proprette, t'imagines lutinant Janine, te fais rire tout seul...

Si novembre est pluvieux, tu ne ris plus, Marcel. C'est ton creux annuel, douleurs lancinantes dans le genou et nausées de l'âme.

« J'ai peur d'aller voir le docteur, confesses-tu. Peur de devoir recommencer l'opération, la prothèse. Et puis Annie. Et puis l'hiver qui arrive. Tiens, plus rien me fait rire, plus rien me fait bander. Et puis tant pis pour ma brioche, redonne-moi un café avec deux sucres, et des biscuits... »

Tu te suicides aux hydrates de carbone et aux glucides, geins sur ta tasse, te traînes sans entrain, me donnes un courrier qui ne m'était pas destiné, jettes des factures sur la table.

« C'est tout ce que tu m'apportes, Marcel ? »

Tu deviens susceptible.

« Mince, c'est pas la faute du facteur si vous recevez rien, rien que des notes à payer. C'est la période. Moi, je me sens coupable, avec tous vos reproches. »

Pour te dérider, je t'invente une chansonnette que je te fredonne allégrement :

O Marcel
Scelle-moi
Cette lettre
Lettre-là
Dis Marcel
Celle-là
Scelle-la
Scelle-la-moi
Dis Marcel
C'est la loi
Cette lettre
Scelle-la
Point de zèle
Chez Marcel
Et ma lettre
Restera
Les nouvelles
S'amoncellent
Et Marcel
Ne scelle pas
Quoi Marcel ?
Varicelle ?
Hydrocèle ?
Ou malaria ?
On décèle
Chez Marcel
Le grand mal
Qui le tuera
Oui Marcel
Ça s'appelle
Sache-le
Le célibat !

Tu restes morose. Tu me croyais sans doute plus de talent, et ma poésie manque de lyrisme. Tu hausses une épaule cependant conciliante.

« Il y a du vrai... »

Et tu ajoutes, toujours soucieux au moins d'élargir ton glossaire :

« Hydrocèle, c'est quoi ? »

Décembre te ragaillardit. Tu retrouves ton écharpe bleu lavande, celle que ma belle-mère t'a tricotée. Comme elle en a confectionné pour toute la famille, tu y as vu plus qu'une attention gentille, plus qu'une promesse tenue (ça, ça t'épate toujours, inconstant Marcel, qu'on sache tenir une promesse), une sorte de signe de ralliement. Tu fais partie des nôtres, à présent. D'ailleurs, il faut que tu passes Noël avec nous, si tu es seul. Noël ou le Jour de l'An, ou les deux, si tu veux. Là, bien sûr, tu t'embarrasses. Tu as cette angoisse des gens sans enfant, sans réel attachement et qui, au moment des fêtes, se sentent un peu flotter dans l'univers. T'inviter te touche bien sûr, te réchauffe le cœur, mais augmente encore cette angoisse. Tu ne veux pas être importun, convié par charité, mêlé à des gens que tu ne connais pas. Et puis, tu ne veux pas t'engager non plus, désireux d'indépendance, de disponibilité, rétif devant toute forme d'embrigadement... Nous ne sommes certes pas les seuls à t'offrir de partager notre réveillon, mais plus les propositions se multiplient, plus tu souffres d'incertitude, d'incapacité à te décider, à promettre. Le choix à effectuer te met au supplice, tu as peur d'accepter trop vite, de regretter, de rater, en venant ici, une occasion meilleure ailleurs, assuré d'avance de te mordre les doigts dès ta résolution prise, c'est pourquoi tu tâches de la différer jusqu'aux dernières limites. Tes tergiversations me tuent. Je n'insiste pas. Te dis simplement :

« La porte sera ouverte si tu veux passer. »

C'est ainsi que nous fêtons quelquefois Noël ensemble ou le Nouvel An. Tu arrives comme toujours avec des bouteilles et l'air penaud, un peu perdu de qui s'échoue après une traversée hasardeuse. Tu déclares :

« Finalement, c'est là que je viens. » Je t'aime pour ce « finalement », je te pardonne le reste. Tu t'installes entre mon beau-frère et mon beau-père, ris à leurs histoires, ouvres les huîtres, charmes tout le monde...

A la poste, tu tries des lettres d'enfants adressées au Père Noël. Attendri, tu me les montres.

« C'est trop chouette, ça. Il faudra que je leur réponde. C'est sûr, un jour, je leur répondrai. »

Pour t'encourager, j'ai découpé une publicité dans la presse « Le Père Noël est un facteur », je l'ai glissée anonymement dans ta boîte aux lettres avec un petit mot humoristique. Tu m'as démasquée :

« Je sais que c'est toi. »

Mais tu n'as jamais trouvé le temps de jouer au Père Noël. « Trop de choses à faire, beaucoup trop, je t'assure ! C'est le mois des calendriers ! Là, c'est infernal. Infernal ! »

Tu scandes les syllabes, roules des yeux d'épouvante.

Les calendriers représentent pour toi une corvée. Tu t'es fait tellement d'amis au village que tu n'oses pas taper les gens. Ta timidité répugnait déjà, lorsqu'il s'agissait encore d'inconnus, à proposer les fameux almanachs, à susciter, en quelque sorte, les étrennes. Alors, avec la majorité des familles, tu dois agir comme

avec nous. Promettre « oui, oui, je vous les apporterai ».
Les oublier dix fois. Oser enfin les sortir de ta musette,
insister pour en donner trois au quatre. Refuser l'argent
« non, non, pas vous. Vrai, ça me blesse ». Avec certains
autres, c'est un rite différent, une soirée entière consacrée à les montrer, le repas partagé, les canons, ou seulement l'apéro, le café, la goutte... Cette tournée des calendriers te prend un temps fou, n'a plus de fin, se mue en
tournée des grands ducs, t'obsède, te dévore.

« Et pourtant, reconnais-tu, si je voulais ! Deux ou
trois mille francs, je me ferais... Les calendriers, c'est la
prime la plus importante des facteurs. Mais moi, qu'est-
ce que tu veux... pff ! »

Tu souffles, découragé d'avance par les états d'âme
qui ne manqueront pas de t'accabler.

« Tu te rends compte, la mère M., elle a voulu me donner cinquante balles, cinquante balles, pour elle, c'est
énorme... j'étais gêné... »

Tes scrupules te harcèlent, c'est que tu les connais, les
revenus des petites vieilles alentour.

C'est toi qui leur délivres la pension, qui tiens à jour
leur livret de caisse d'épargne, qui engranges leurs
petites économies. Toi qui fais, pour régler leurs
dépenses, leurs opérations de CCP, toi qui, pour leur
éviter le déplacement, leur apportes à domicile l'argent
liquide dont elles ont besoin, comme tu leur apportes
quotidiennement le pain, le journal, parfois une tranche
de jambon, deux yaourts...

Tu es, l'hiver, pour tout un petit peuple arthritique et
chenu, bloqué au fond des hameaux par le froid et la
neige, le messager d'un autre temps, le colporteur, qui
charrie dans sa besace la civilisation du village, et égaye

de sa visite quotidienne, de son sourire, de sa chaleur, la monotonie des solitudes... La Joséphine est contente de te voir arriver avec ton cache-nez bleu. Elle t'attend dans sa maison froide, où le feu s'est éteint. Tu commences par lui rentrer un fagot, des bûches, tu rallumes le poêle. Puis tu lui donnes son journal, lui retrouves ses lunettes, acceptes de boire la gnole, commentes les nouvelles à petites phrases creuses et optimistes. « Ah ! Quand ça va pas, on fait aller ! » Un jour où la température avait chuté jusqu'à – 20°, tu as trouvé la Joséphine transie dans une maison plus glaciale qu'à l'ordinaire. Les canalisations avaient gelé, plus d'eau, pas de feu. Tu as commencé par la recoucher, la border dans son lit comme un enfant, avant de t'occuper du fourneau.

« Tu vois, m'as-tu confié, cette mémé, elle a que moi. Que moi. Peut-être, si je passais pas aujourd'hui, elle mourait de froid. Que moi, je te dis ! »

Il y avait dans ton regard une flamme de fierté, un attendrissement touchant. J'ai plaisanté :

« Marcel Facteur, l'Ange Salvateur ! Tu es héroïque, Marcel !

– Oh ! as-tu répondu simplement, pas tant que quand je lui mets ses gouttes dans les yeux ! »

Le mercredi, c'est le jour des gosses, et du *Télérama*. Ton meilleur jour, comme tu dis. Tu bâcles un peu le début de ta tournée, refuses le café ici et là pour arriver plus tôt. Tu nous surprends souvent en plein petit déjeuner, et les enfants sont devant la télé. S'il y a quelque chose qui te fascine, c'est un écran avec dessus des images qui bougent. Tu restes piqué, engoncé dans ton cache-nez, ta veste, tes gants, devant un film dont tu n'as pas vu le commencement et ne verras jamais la fin. Debout. Bouche ouverte. Chloé te dit :

« Assieds-toi Sarmel. »

Tu bredouilles « oui, oui » quatre fois. T'assieds la cinquième, te débarrasses au petit bonheur de ta musette, de tes gants... Je te donne ton café. Tu le laisses refroidir, toujours obnubilé par la télé. Je te remercie pour ta conversation chaleureuse. Tu finis par me voir, ris, t'excuses, et me tends une liasse de courrier, non sans avoir prélevé la rituelle dîme : le *Télérama* que tu dépucelles tranquillement, défais de son enveloppe plastique et parcours. Tu es bien, tu oublies le temps qui passe, le chemin à reprendre. Quelquefois, là en bas, sur la route, on se morfond. La Jacqueline t'appelle, ouvre ta portière, klaxonne :

« Alors, et le courrier, Marcel ? »

Si tu as laissé la musette (ça t'arrive de temps en temps), elle fouille dedans : elle attend on ne sait quelle lettre importante. Si tu ne l'as pas laissée, elle pousse l'impatience ou la curiosité jusqu'à venir quérir sa correspondance, chez moi...

Quelquefois aussi, rien ne se passe. Les minutes, les quarts d'heure s'égrainent. Tu t'abandonnes à la langueur d'un matin familial, reprends un café, goûtes le gâteau de Chloé, tournes les pages du magazine méthodiquement, signales les films à ne pas manquer. Tu n'as pas envie de te réveilller, pas envie de redevenir Marcel Facteur, tu joues à être l'un des nôtres, au chaud de notre intimité, frôlé par nos chemises de nuit... Et soudain, un regard à la pendule te met debout dans un grand sursaut atterré :

« Onze heures moins dix ! C'est pas vrai ? Vite ! Vite ! La Jacqueline doit être folle ! »

Tu t'étrangles dans ton écharpe, ramasses tes gants, franchis la porte en deux enjambées bancales. On t'entend qui dévales les escaliers, qui mets ton moteur en route, qui l'éteins. Chloé court à ta rencontre, déjà tu remontes :

« J'ai oublié ma sacoche ! »

Le samedi, en général, tu ne t'attardes guère. La tournée doit être finie vite, parce que, en rentrant, il faut encore boucler la comptabilité, expédier le courrier, fermer la poste. Et partir pour Lyon. Mais bien sûr, c'est toujours le samedi matin, juste avant le week-end, que nous avons besoin d'argent. Ou de régler une facture très urgente. A l'heure du café, tu râles :

« Bon, je vous prépare ça tout à l'heure. Vous venez vite. Mais pas après midi, hein ? »

Vers midi, j'arrive à la poste, avec Chloé. Tu n'as rien préparé du tout, n'as pas eu le temps, ne sais plus où donner de la tête et des mains. Tu pèses, ficelles, étiquettes, grattes, comptes, recomptes, te désespères, nous blâmes d'un hochement de tête réprobateur. Un samedi 31 décembre, je me souviens, il était midi dix, tu as failli exploser devant le tas d'opérations qu'on osait prétendre te faire faire.

« Vous vous rendez pas compte ! C'est la fin de la journée, de la semaine, du mois et de l'année ! de l'année !!! »

L'indignation te suffoquait, mais tu riais quand même.

« Laissez tout ça là, as-tu fini par dire. Je m'en occupe lundi ! ».

De temps en temps, tu repasses chez nous vers midi et demi avant de décamper. Tu apportes l'argent promis, deux ou trois carnets de caisse d'épargne mis à jour. Tu t'assois, prends l'apéro. C'est qu'avec Annie, les rapports se dégradent. Tu n'es plus si pressé de retourner à Lyon. Plus si motivé. Tu cherches des excuses pour retarder ton départ, fais durer la trêve avant de nouvelles déchirures. Parfois, tu consens à manger avec nous, ne nous quittes que dans l'après-midi, annonces :

« Je vais chez ma mère. »

Annie est sur la touche. Vous avez rompu définitivement. Pour quelques semaines. Un soir, elle va te téléphoner en larmes, et le samedi suivant, tu n'auras plus le temps d'estampiller une seule lettre après 12 heures 01. A moins que tu n'aies foncé avant à Lyon, deux ou trois soirs de suite, ou quatre. Et déjà renoncé à poursuivre plus avant la réconciliation...

Plus rarement, tu as passé le week-end entier à Saint-Laurent.

« Je me demande pourquoi je m'obstine à rentrer, m'as-tu expliqué dans la semaine. Je suis aussi bien ici. J'ai des amis. Si je veux, je ne sors pas de la cave de brameur pendant deux jours ! »

Après, tu as regretté. « Non, c'est trop long, un week-end entier à Saint-Laurent. Je t'assure. Ou alors il faut boire, manger avec les uns, les autres. Non, ça me file le bourdon... »

Pourtant, socialement, tu es, comme on dit, intégré.

On n'imagine plus une fête sans toi. Dégustation de beaujolais nouveau, émondage des noix, concours de boules, fin de vendanges, interminable banquet des classes, ripaille ininterrompue de la Saint-Vincent, Bal du 14 juillet, tu as participé à tout, as été de tous les bons coups. Le moyen de refuser, quand on est au cœur même de la vie du village ? Alors tu acceptes toujours un peu contraint, plein d'appréhension. Après, tu es content d'avoir dit oui. Tu vas jusqu'à jouer les prolongations. Certaines ribouldingues se sont terminées chez toi, dont mon fils parle encore. Parfois même, c'est toi qui proposes :

« Pour la fête de l'école, je vous fais un montage vidéo, si vous voulez. »

Hélas ! L'offre à peine faite, dans un moment d'euphorie conviviale, te voici déjà bourrelé de regrets, plein d'appréhension, de doutes, ratatiné par la hantise de ne pas être à la hauteur, de ne pas savoir, de ne pas pouvoir, et passant tout ton temps à te dire que tu n'auras jamais le temps. Tu admires les réalisations de J.C. – passionné lui-même d'audiovisuel, qui a déjà exécuté cinquante fois ce genre d'ouvrage. Tu lui demandes des conseils, du matériel, de l'aide. Tu vois arriver en tremblant le week-end fatidique, consacres la nuit du samedi à mettre au point ton œuvre, et à jurer qu'on ne t'y prendra plus, n'en finis plus, l'heure de la représentation venue, de t'excuser pour tes maladresses, tes imperfections, la modestie de ton entreprise et, devant le triomphe que déclenche la projection, ému aux larmes et plein de gratitude, tu sens croître et se fortifier en toi les radicelles qui peu à peu te rattachent au village. Tu bois tous les coups qu'on t'offre, déclares :

« Ma place est ici avec vous, j'ai aimé faire ce montage », y crois et en promets un autre pour l'année prochaine...

Pour les classes, tu titubes congrûment deux jours, avec les conscrits et leurs invités. Pour les tiennes, tu as arboré le gibus, la cocarde, as posé pour la photo, es devenu le frère de vin de tous les « 30 ans » du canton... Partout dans la région, tu comptes ainsi des compagnons de débauche, avec qui tu as partagé, ou hasard des goguettes, une intimité chaleureuse de poivrot. Maintenant les usagers, les hommes, rentrent à la poste le verbe haut, le rire facile, t'apostrophent cavalièrement, parce qu'ils t'ont tapé dans le dos les soirs de beuverie, et te manifestent une tendresse supplémentaire, toute particulière, s'ils sont parvenus à te saouler d'importance. . .

Les gosses, eux, c'est une véritable vénération qu'ils ont pour toi. Quand ils sortent de l'école, ils passent toujours par la poste te faire un petit coucou. Il y a ceux que tu as initiés à l'amour des timbres (Chloé en fait partie) et pour qui tu mets de côté toutes les nouvelles émissions, les fiches explicatives... Ceux-là viennent consulter ton grand registre, se tenir au courant, enrichir leur collection. Il y a ceux, moins sérieux, qui reconnaissent en toi un camarade de jeu attardë dans l'enfance, qui te braquent une fois par semaine. " Haut les mains, c'est un hold-up. " Ton âme juvénile ne s'émeut pas, se complaît à la mise en scène ; tu te retiens de rire, t'exécutes, vas jusqu'à indiquer l'endroit du magot, dans le grand coffre-fort de ta cuisine...

Les plus grands, ceux qui ont quitté l'école pour le collège, descendent du car le soir à dix-sept heures devant la porte de la poste. Ils entrent à leur tour, cartable au dos, pour tailler une petite bavette, jettent un œil critique sur ton ménage, promettent leurs services pour le mercredi suivant, reviennent en effet repasser tes chemises, ranger ta cuisine que tu as entrepris de retapisser, mais à raison d'un lé par mois, on ne voit pas bien les progrès des travaux... Les adolescentes te jouent des tours :

Allô, la poste de Saint-Laurent ? C'est pour un sondage. Que pensez-vous des préservatifs?" Tu réponds avec sérieux, t'appliquant à trouver des mots justes. Après, Chloé rifougne avec sa copine Maud pendant deux heures. N'y tenant plus, elles gagnent la poste.

Cet après-midi, commence innocemment l'une, on nous a téléphoné.

– Pour un sondage, poursuit l'autre.

– Ah! Vous aussi? » demandes-tu ingénument.

Elles partent toutes les deux d'un grand fou rire...

C'est trop facile de faire marcher Marcel...

Je sais que le mardi matin, au marché, tu t'achètes toujours ta petite truite. Un mardi, vers midi et demi, je t'appelle à la poste, sous un prétexte quelconque. Au bout d'un moment, je te demande :

« Drôle d'odeur, qu'est-ce que tu cuisines ?

– Du poisson, réponds-tu sans hésiter.

– Ah! oui, à la poêle ? Ça sent d'ici... »

Tu ne relèves pas, poursuis la conversation, raccroches. Cinq minutes après, tu rappelles :

« C'était une blague ?

– Non, non, je t'assure, il y a de la friture sur la ligne ! » Tu ris.

« Qu'est-ce que je suis con ! »

Une autre fois, je téléphone encore, mais sur le ton de la conspiration :

« Marcel, tu es tout seul ? Alors écoute bien : Janine est là ! je lui ai parlé, elle est d'accord ! »

A l'autre bout du fil, silence éloquent, plein de points d'interrogation. J'insiste :

« Mais si, tu sais bien, pour le jeudi ! elle en a marre de son mari, elle a dit que si tu voulais, elle était d'accord ! »

Tu t'émeus, brais un petit rire, t'exclames, incrédule :

« Qu'est-ce que tu me racontes ? »

Je n'en démords pas, je prends le ton convaincu qu'il faut pour assurer :

« Elle est là, dans la salle à manger, je te dis qu'elle est d'accord ! Hein, Janine que vous êtes d'accord pour jeudi, avec Marcel ? »

J'éloigne le combiné de ma bouche, le couvre de ma main, crie « Oui, oui » sur les deux notes aiguës familières à Janine. A la poste, doute immense, bégaiement, on est sur le point de céder à la panique... Et soudain, éclat de rire :

« Non, cette fois tu m'auras pas !

– Je te dis qu'elle est là ! fais-je, sachant que tu te laisses toujours impressionner chez les autres par la détermination, dont tu es incapable toi-même.

–Ça m'étonnerait, réponds-tu joyeux et triomphant, elle est en train de garer sa mobylette sous ma fenêtre ! »

Mais aucune facétie n'équivaudra jamais l'histoire de la poupée gonflable... Ce 1er avril-là, je suis seule, chez moi, pour la matinée, avec une envie de folâtrer des plus mutines. C'est l'heure où tu prépares ta tournée et charges ta besace en conséquence. Tu réponds à mon coup de fil d'un rituel « Allô, la poste de Saint-Laurent, j'écoute » très professionnel et un peu préoccupé, car une fois de plus, tu es à la bourre. Je prends une voix chevrotante et mon accent le plus dauphinois pour geindre dans le combiné :

« C'est la poste ? Voui, ben voilà, il faut que je vous dise que j'ai reçu un paquet, que je sais pas quoi en faire vu qui se sont trompés de destinataire. » Au bout de la ligne, tu réprimes ton amusement, et demandes gentiment :

« Vous êtes de Saint-Laurent ?

– Non, non, je m'appelle Mâme Brameur, alors on me l'a envoyé ici, à Légny. Mais c'est une erreur, le paquet est pour les Brameur de Saint-Laurent, c'est écrit dessus... Seulement ce qui m'embête, c'est que mon mari a pas fait attention à ça et qu'il l'a ouvert, c'est comme ça qu'on s'est rendu compte... Dedans, y avait une chose en caoutchouc, qu'on a cherché à ce que ça servait... Cherche que te cherche, mon mari me dit comme ça, on dirait une poupée ! Bon, alors, je regarde l'adresse : Brameur Saint-Laurent. Je dis : c'est une erreur. Ça doit être pour des gosses. Une poupée à gonfler, un truc comme ça. Alors, qu'est-ce que j'en fais-t-y, du paquet ? »

A la poste, tu t'interroges visiblement, commences à rire, décrètes : « C'est une blague ?. »

Je m'indigne, outrée :

« Une blague ? Ah ! non non non ! Moi je dis honnête-
ment ce qui en est, si vous le prenez comme ça... Qui
c'est-t-y, votre patron ? »

Mon sérieux te plonge dans le scepticisme. Tu me
fais répéter en bégayant un peu mon nom, mon adresse,
dis encore :

« C'est pas possible, allez, c'est toi, avoue ! » et,
devant mon obstination à tenir mon rôle, et mon agacement feint, tu t'exclames piteusement : « Excusez-moi,
je deviens fou. »

Soudain, j'entends nettement le carillon de la porte de
ton bureau, et tu ânonnes, d'une voix métamorphosée
par l'espérance d'un proche éclaircissement :

« Écoutez, ça tombe bien, voilà M. Brameur de Saint-
Laurent, je vous le passe, vous allez régler la chose avec
lui... ».

Tous les jours, en effet, Brameur, vers les neuf
heures, juste après son deuxième déjeuner de la journée,
vient chercher son journal et te roter son saucisson-
beaujolais au nez. Toi, plus classiquement abonné au
café au lait, tu crois parfois défaillir sous les souffles
acides de ton vis-à-vis lancé dans les commentaires pas-
sionnés des actualités !...

La voix de Brameur, grasse et rocailleuse, roule dans
l'appareil :

« Allô ? »

Je ne me démonte pas, et recommence mon histoire,
avec la même conviction et le même accent. Brameur, très
porté sur les gaudrioles scabreuses, et déjà naturellement
très congestionné, doit, là-bas, virer au violet. Il insiste,
plaisante, grasseye un rire encombré, fait des allusions
grossières. Et toi, qui as gardé l'écoute sur ton deuxième

appareil, finis par douter complètement, roules des yeux
paniqués, t'épouvantes à l'avance des possibles répercus-
sions de l'affaire, si la cliente furieuse allait se plaindre en
haut lieu du climat un peu léger qui règne à la poste de
Saint-Laurent... De fait, affectant une lassitude outrée, je
viens de raccrocher très sèchement en décrétant :

«Ça vous dégoûterait d'être honnête... Mais j'aurai le
fin mot de l'histoire... »

Le meilleur, le plus savoureux, ce sera pour plus
tard... J'ai à peine le temps de jouir toute seule de ma
farce, et d'exécuter une petite danse échevelée d'allégresse dans mon couloir, que te voilà, musette au flanc,
l'air soupçonneux.

« C'est toi ? Avoue ! »

J'arrondis deux prunelles ébahies.

« Moi quoi ? »

Déjà, tu vacilles :

« Le coup de fil, la vieille, la poupée gonflable... »

Je joue la surprise, et la curiosité.

« Qu'est-ce que tu racontes ? »

Tu souffles, dépassé, t'assois, me déballes toute l'histoire, et je me régale de certains détails revus à ta façon.
Toutes les trois phrases, tu entrecoupes ton récit par
cette exclamation de plus en plus navrée, de plus en
plus perdue :

« C'est toi ? Allez dis-le ! », qui s'achève en plainte...

Marcel, ou la quête de la vérité... Au bout d'un
moment, je t'interromps :

« Attends, attends, une vieille, tu dis, avec l'accent
lyonnais ? Mais à moi aussi, elle m'a téléphoné vers
les... huit heures et demie-neuf heures. Elle croyait être
à la poste, je lui ai dit que c'était une erreur »

D'abord ton visage s'éclaire. Il faut souligner que le mensonge est plausible, notre numéro et celui de ta poste ne diffèrent que d'un chiffre, et beaucoup se trompent. Le doute se dissipe, la vieille dame existe donc bel et bien. Tu te tracasses alors pour l'accueil mitigé que tu lui as réservé. Et soudain, un nouveau soupçon t'obscurcit, tu me considères avec une noire méfiance.

« Allez, allez, c'est pas vrai. C'est toi qui m'inventes ça... C'est pas possible ! »

Je proteste, je jure, je reconfirme tout, l'heure, l'accent, l'erreur. Et soudain, coup de génie.

« Dis donc, dis donc, Marcel ! C'est le 1er avril aujourd'hui. Ça serait pas toi qui serais en train de me faire marcher, par hasard ? »

Retournement de situation. Je t'incrimine si bien (« Oui, tu m'as téléphoné, puis tu as inventé toute cette histoire de vieille qui ne tient pas debout pour te moquer de moi »), que tu protestes à ton tour, affirmes : « Je t'assure que c'est vrai ! », me narres dix fois le coup de fil de la poupée gonflable, regardes, perplexe, ton café sans le boire, et t'en vas abattu, avec, sur le cœur, le poids de l'inconnu...

Pendant deux semaines, je te demanderai tous les jours :

« Et l'affaire de la poupée gonflable, pas de suite ? »

Invariablement, tu me répondras, très contrarié :

« Non, rien », puis, invariablement, fixeras sur moi ton œil bleu suspicieux pour enjoindre : « Avoue que c'est toi... »

Invariablement, après mes dénégations convaincantes, tu concluras :

« C'est une histoire de fous... »

Et pendant des années, de loin en loin, au beau milieu d'une conversation, le souvenir te traversera soudain, et chaque fois tu essaieras de me confesser, en vain. Et comme mes enfants s'étonnent de ce que la chose te turlupine encore, tu diras :

« Je voudrais bien savoir... Mais j'aime aussi ne pas savoir, ça m'excite, ça entretient un mystère qui me plaît. C'est bête, le jour où je saurai vraiment, je serai déçu. Quelque chose disparaîtra pour moi, une sorte de rêve... »

Alors, pour te faire rêver encore, je garderai le secret, allant, quand tu m'interrogeras de façon trop pressante, jusqu'à t'accuser de nouveau :

« Tu es un odieux salaud, Marcel, tu as inventé toute cette histoire pour me tourmenter avec et me faire passer pour une folle... »

Tu cries de saisissement, ta sincérité souffre, ton admiration n'a plus de borne :

« Tu es démoniaque ! » dis-tu, et tu ris comme un gosse devant un tour de magie qu'il n'a pas compris, et dont l'énigme l'enchante...

J'aime te voir heureux, et je déteste tes accès de morosité, ce cafard poisseux qui t'englue parfois, te prive de courage, remet tout en question, te fait douter de toi.

« J'ai pas de but, dans la vie, gémis-tu. Toi, tu as J.C... »

Je lève des sourcils douloureux pour dire que c'est pas tous les jours un cadeau... Tu admets l'objection.

« Oui, d'accord, mais tu as les enfants... Tu sais où tu

vas, où est ta vie, mais moi, moi... A mon âge !... Je m'angoisse, tout seul... Où je vais, moi, où ? »

Ça y est, la crise existentielle ! Tu roules des yeux bleus tout tristes et perdus, avance une moue dégoûtée, inquiète, ulules sinistrement :

« Où ? Où ? »

Je te secoue :

« Arrête-toi ! Avec ta jolie gueule, tu te payes qui tu veux. Tu es libre. C'est une chance ! »

Tu secoues la tête :

« Libre ! Tu parles. Faudrait être libre aussi là-dedans ! »

De l'index, tu désignes ta tempe. Embrayes sur ta sexologue-psychologue que tu devrais retourner consulter. J'essaie la manière forte :

« Sexologue ! T'as pas honte ? C'est pour les petites queues molles, les sexologues, pas pour toi ! »

Tu ne réagis toujours pas, observes découragé :

« Ça me sert à quoi, d'en avoir une grosse ? »

Tu es si naturel que tu en deviens désarmant. Tes dimensions largement au-dessus de la normale, tu ne les contestes pas, mais n'en tires aucune vanité. Seulement une amertume très spéciale : ce qui devrait t'avantager, ce qui passe pour un don de la nature, se révèle, en fait, une infirmité paradoxale et intime dont on n'a pas le droit de se plaindre. Tu déplores, sur un ton coupable et embarrassé, bien loin de toute forfanterie :

« C'est terrible ! tu sais, un vrai calvaire. Annie, c'est pour ça, entre autres. Je lui fais mal. Mal et peur... »

Je souris, pour signifier que, moi, j'ai du courage. Tu prends mon sourire pour du doute.

« Je t'assure, c'est pas drôle ! Tiens une capote, moi,

j'ai jamais pu la mettre ! Ça me serre trop, c'est inte-
nable !... »

J'arrive à la poste. Tu as ta tête des mauvais jours.
Ton inspecteur est venu le matin. A voulu tout voir, a
tout critiqué, t'a descendu en flèche, éreinté. Tu es
encore sous le coup.

« Rien, rien n'a trouvé grâce... Tu peux pas savoir,
j'en aurais chialé... D'ailleurs, tiens, je peux bien te le
dire, j'ai chialé... »

Ton œil brille, tu me fais peine. J'aurais envie de te
prendre contre moi, de te serrer, de te consoler, de te
bercer, comme mon gosse, de te dire : « C'est quoi ce
gros chagrin ? »... Mais tu es de l'autre côté de ton
comptoir, figé dans ta désespérance... Je soulève mon
pull et mon soutien-gorge, te fais une petite exhibition
maligne :

« Marcel, t'en as déjà vu des comme ça ? Regarde !
On emmerde les gendarmes et la maréchaussée, on les
emmerde ! »

Sur ta chaise, tu t'animes, protestes :

« Arrête, arrête, t'es folle », te penches pour surveiller
par la fenêtre la venue d'un éventuel client, finis par
t'amuser de la situation, te résignes à l'oubli momenta-
né de ta douleur pour capituler devant un prosaïque
émoi. « Ça y est, je bande ! Arrête, je te dis ! »

Des pas claquent dehors, la porte tinte. Je rabats prestement mon tricot. Une vieille entre. Tu bredouilles,
trembles, cherches éperdument tes timbres... Je quitte les
lieux sur un « Au revoir Messieurs-Dames » plein d'exhor-
tation. Tu lèves vers moi des yeux qui ont envie de rire.

Ce qui te fait le plus rêver, chez une femme, ce sont les seins. Tu as une mimique pour la vraie femme, celle qui a de gros seins, jumelle de ta mimique pour le vrai homme : même mâchoire de cromagnon, crispée par l'énergie de l'affirmation sexuelle, mais en plus, mains arrondie, symboliquement pleine à la hauteur des pectoraux...

J'ai eu l'idée, combien naïve (mais je ne te connaissais pas encore si bien qu'aujourd'hui), de profiter de ton désarroi amoureux pour t'orienter vers Maryté. Ce que me fut et me sera sans doute toujours Maryté, je te l'avais confié au fil de nos conversations café-courrier du matin. Tu savais tout d'elle, n'ignorais pas que, elle aussi, en pleine confusion sentimentale, elle vivait seule avec sa fillette, et se lassait de guetter les visites très aléatoires d'un compagnon plus qu'épisodique qui était marié de l'autre côté de la France. Maryté, si fine et svelte dans sa jeunesse, avait, au fil des années et des désenchantements, accumulé un certain embonpoint, ce qui ne te déplaisait pas. Tu m'avais souvent confié, pour l'avoir trouvée presque chaque samedi chez nous en chemise de nuit : « Ta copine Maryté, elle m'excite parce qu'elle a des gros seins », puis regrettant ton aveu, présumant de ton embarras si Maryté venait à te faire une allusion trop directe, tu m'avais fait jurer de n'en rien dire à l'intéressée. C'était, aussi, de ta part, une belle naïveté de croire à mon silence. J'avais amusé Maryté en lui dépeignant ton trouble, je l'avais fait réfléchir sur tes qualités :

« Gentil garçon, plein de charme, avec un mignon logement de fonction à Saint-Laurent (quand la cuisine sera toute retapissée, évidemment ce sera mieux...), tu pourras vivre près de nous avec Jul... »

Maryté, sans s'emballer, avait dit :

« Pourquoi pas ? »

A toi, qui te plaignais encore de tes errances, du « tunnel sans fin de ta vie », et qui avais, depuis quelque temps trouvé pour lancinant leitmotiv « Je me cherche ! », j'avais démontré que Maryté était une femme pour toi, douce et compréhensive, maternelle, très disponible. Tu avais répondu :

« Moi, c'est surtout ses seins... » avec geste à l'appui, tonique et arrondi devant toi, pour mesurer l'ampleur de ton fantasme...

Je t'ai donné l'adresse et le numéro de téléphone de Maryté à Lyon. Et tu as promis d'aller la voir. Je t'ai arraché une date, que tu n'as pas honorée. Tu en as proposé une autre, que tu as oubliée aussi. Au troisième lapin, Maryté s'est résignée à te rayer de ses espérances. Alors tu as débarqué chez elle, longtemps après, un soir où elle ne t'attendait vraiment pas. Je crois même que tu avais un peu bu. Tu étais gauche, très mal à l'aise, tu as refusé de partager son repas alors que tu n'avais pas mangé. En toute bonne logique, tu t'es sûrement décidé à accepter quand elle attaquait le fromage. Alors elle a mis une assiette sur la table, t'a servi, a bavardé de tout et de rien. Tu t'es détendu, l'as quittée amicalement. Et Maryté n'a plus jamais parlé de toi autrement qu'en disant « ce pauvre Marcel... », et en levant au ciel une prunelle tendrement méprisante.

Le temps s'écoule et peu à peu tu te résous à l'idée de rester à Saint-Laurent, faute de savoir décider d'en partir. Tes relations avec Annie se tendent et se détendent et le fil qui te relie à elle, élastique et usé, s'allonge sans craquer. Tu restes des mois sans la voir. Puis la retrouves, passes deux semaines de congé avec elle.

« De congé ! précises-tu, pas de vacances ! Des vacances, j'en ai presque pas. Et surtout pas l'été. »

Ça, c'est ce que tu dis. Chaque été, avant de partir en villégiature, nous te laissons notre adresse. Tu promets : un, de faire suivre le courrier, deux, de venir nous trouver un week-end. Sept fois sur dix, nous attendons vainement notre correspondance, car, soudain obnubilé par un besoin urgent d'évasion, tu te seras fait donner quinze jours, et remplacer au pied levé par un intérimaire à qui tu auras omis de laisser les consignes nécessaires. Et dix fois sur dix, nous guetterons infructueusement ta venue...

Deux étés pourtant, tu as dû rester à Saint-Laurent, car les engagements que tu avais pris (et vraisemblablement regrettés) te défendaient tout abandon de poste. La première fois, notre chatte Vinaigrette venait de mettre bas au mois de juillet. Il nous était impossible de la charrier avec toute sa petite famille au camping, sous le soleil torride de l'août languedocien. Tu as proposé de les garder à la poste... Nous t'avons retrouvé défait, essoufflé, hagard.

« C'était l'enfer », nous as-tu dit, en nous tendant le carton trop petit qui avait servi de nurserie, mais d'où les chatons délurés ne cessaient de s'échapper.

Et de nous narrer, à ta façon syncopée, très elliptique mais suggestive, les raids des petits monstres dans tes plantes, sur tes rideaux, parmi tes papiers, leurs couinements de détresse aux heures de fringale, leurs débordements intempestifs partout dans le bureau, leur façon familière de te grimper sur les genoux, sur les épaules, sur la tête pendant que tu officiais au guichet.

« Heureusement, finis-tu par avouer, j'avais Mme

Roger : c'est elle qui les soignait. Elle les trouvait mignons. Elle les a pris chez elle. Moi, à la fin, je les aurais tués... »

Mme Roger, c'est la dame qui tient, en face de chez toi, un bureau de tabac de deux mètres de long sur un mètre de large. C'est aussi ta coéquipière parce que le matin, lorsque tu fais ta tournée, elle vient s'occuper de la poste, donner un petit coup de balai, et délivrer les timbres. Ajoutons pour le folklore qu'elle y apporte aussi ses cigarettes à vendre, et qu'un écriteau sur sa porte invite le client fumeur à traverser la rue et à aller s'approvisionner « aux PTT ».

Un autre été, une autre de nos chattes successives a donné naissance à des jumeaux, que Raphaël croyait pouvoir caser chez des copains. Hélas, au moment de leur sevrage, aucun des deux foyers d'accueil n'a tenu ses promesses, et il nous a fallu encore nous organiser pour les vacances. Tu assistais à nos réflexions angoissées. Tu as suggéré :

« Moi, je veux bien venir leur donner à manger, mais ils restent ici. »

Nous avons donc laissé les chatons et leur mère dehors, et, quotidiennement, tu es venu leur ouvrir une boîte de pâtée. A notre retour, nous avons trouvé dans notre cour une montagne de boîtes de conserve vides, et des chats bien portants, réglés comme des horloges, qui commençaient à miauler et à tourner en rond dès que ta mobylette amorçait le virage qui menait à notre hameau, à deux cents mètres de chez nous...

« De la folie, commentes-tu devant le rush des fauves à ton apparition. Même la Jacqueline, elle m'attend pas comme ça ! »

Tu as un chat pendu à la veste, un autre escalade ta sacoche, la mère s'enroule en 8 autour de tes chevilles, et tous les trois te font un concert de clameurs impérieuses... Alors tu te marres doucement et répètes en secouant la tête :

« De la folie ! »

Petit à petit, la tapisserie de la cuisine avance. Admiratif devant toutes les entreprises de J.C. aussi habile au bricolage qu'en tout le reste, tu te moques de ta propre lenteur, de ton engourdissement.

« Tu te rends compte, deux lés en trois mois ?... »

Mais le salon s'est meublé d'étagères, de fauteuils récupérés, de plantes vertes. Tu nous y offres de temps en temps l'apéro, en t'affolant tout de suite si on choisit le fauteuil sans fond, qui s'effondre dès qu'on l'effleure. Tu as recyclé en desserte basse la table lumineuse à lire les diapos que J.C. a casée chez toi parce qu'il n'y avait plus de place chez nous. Dans une pièce inoccupée, derrière le salon, il y a aussi une vieille table de cuisine de ma grand-mère où trône l'agrandisseur de J.C., et quelques autres instruments à servir le culte audiovisuel, tous exilés de notre maison à la faveur d'un montage à faire, et surtout parce que, chez toi, on peut improviser un labo photo sans gêner personne, sans rogner sur l'espace vital. J.C. qui a désormais les clefs de la poste, vient certains soirs, le samedi de préférence, se claquemure dans le noir, et fait des tirages. Ce qui ne doit pas manquer d'intriguer Brameur, à qui rien n'échappe de ce qui se trame à Saint-Laurent, vu que ses fenêtres lui offrent, sur la place, un point de vue imprenable. L'arrivée du sommier deux places avec son matelas a sans doute aussi piqué sa curiosité. Inutiles et encombrants chez nous, agrémentant chez toi une chambre vide, ils ont déboulé un soir à même le toit d'une de nos inénarrables guimbardes. Je m'amusais comme une folle :

« Brameur nous regarde, il va croire que je viens m'installer chez toi et que j'apporte mes meubles.

– Penses-tu, réponds-tu, c'est J.C. qu'il voit venir ici le soir. Sûr qu'il s'imagine des trucs entre lui et moi... »

Difficile de deviner ce qu'il s'imagine exactement lorsqu'il assiste à mes entrées à la poste, courrier sous un bras et corbeille de linge sale sous l'autre. Le lendemain, plus souvent le surlendemain, ou même huit jours après, la même corbeille, pleine de linge, propre, cette fois, aggrave ta moisson de colis et, profitant de ta tournée, reprend le chemin inverse. C'est que notre machine à laver vient de tomber en panne, et que je fais la lessive chez toi. Tu l'étends, la ramasses, me la rapportes, oubliant un torchon, perdant une chaussette, bourrant ta besace de mouchoirs égarés, de soutiens-gorge baladeurs, de slips facétieux... Jamais, je crois, un facteur n'a délivré sur son passage d'objets aussi hétéroclites...

Aux soucis que nous t'occasionnions déjà, viennent s'en ajouter d'autres ; tu es désormais responsable non seulement de tous nos comptes et du règlement de toutes nos factures, mais encore de nos sous-vêtements, de nos chemises, de nos tee-shirts. Pauvre Marcel qui, cent fois la semaine, te tapes le front d'une paume rageuse.

« Marcel, tu as pensé à régler l'électrac ?

– Merde ! Oublié ! Demain, demain sans faute, demain je vous jure... »

On a pris l'habitude de t'apporter en vrac toutes nos quittances à honorer. Tu payes avec nos CCP, jongles avec nos livrets A, prenant ici, remettant là, calculant le minimum de pertes d'intérêts, imitant nos signatures. Tu nous as ouvert des LEP, acheté des SICAV, as toujours tout patiemment expliqué, tout apporté, tout organisé dans notre cuisine, les Comptes Plus, les Odyssées, les Poste-chèques, les CODEVI, nous as donné des tuyaux formidables et d'autres plus douteux, t'es fait engueuler par J.C. quand les Télécom nous relançaient pour une note qu'on croyait acquittée. Tu t'excuses penaud :

« Merde ! C'est de ma faute ! »

Je t'accable :

« Pense aussi à mes draps ! »

Tu patauges :

« En ce moment, rien ne va plus ! Deux mille balles de trou dans ma comptabilité, hier ! J'ai compté et recompté jusqu'à deux heures du matin ! Et cette semaine, je suis rentré trois fois en poussant la mobylette. Crevé trois fois dans la semaine ! Je suis maudit, non ? »

Tu nous deviens indispensable. J.C., extrêmement lunatique, t'instaure le principal bénéficiaire (la principale victime ?) de ses changements d'humeur. Exemple : le baromètre est à la maussaderie. J.C. reçoit des papiers, s'adonne à des calculs, annonce, hargneux :

« Marcel a encore fait une connerie ! »

Il va sauter sur le téléphone, ou foncer à la poste. Tu vas mourir de confusion, devenir blême, suer sang et eau pour réparer l'erreur et te sentir pardonné. J.C. te paralyse d'une crainte inexplicable : en face de ses rages froides, tu redeviens le petit garçon fautif que tu n'as jamais cessé d'être au fond de toi. Un autre jour, le baromètre remonte. L'humeur est à la galéjade, à la légèreté. J.C. s'aperçoit à minuit qu'il lui faut une fausse date sur une enveloppe, ou alors cinq mille francs pour le lendemain matin première heure. Ça donne :

« Mon petit Marcel, à quelle heure tu ouvres demain ? Vrai, je peux passer à sept heures ? Tu ferais ça pour moi ? Tu es un chou Marcel ! »

Dans sa poste, le chou compose le numéro du coffre-fort. Il peut même apporter l'argent tout de suite, si on veut. Comme ça lui est arrivé de m'apporter des cigarettes, prises sur le stock de Mme Roger certaines nuits de tête où l'absence de nicotine me semblait soudain trop triste...

Je t'interroge quelquefois, posant toujours les mêmes questions, sans vraiment en mémoriser les réponses.

« Comment on devient facteur, Marcel ? »

Tu corriges, un doigt en l'air, avec une fierté faussement indignée :

« Receveur, tu veux dire, je suis receveur ! »

Et pour la dixième fois, tu me narres ton itinéraire, ton BEPC tardif, le concours de préposé, le stage gare de l'Est, l'entrepôt de la gare d'Ambérieu, le concours de receveur rural, Toulouse, Colmar : « un an et demi d'exil en un pays barbare »...

« Alors, tu comprends, maintenant, il faudrait que ça marche, pour moi. Que je fasse fructifier la poste de Saint-Laurent. Que je me rende indispensable. Que le nombre des opérations soit multiplié par, je ne sais pas moi, vingt ou trente. »

Consciencieusement, tu récites la leçon que t'a inculquée l'inspecteur, tu y crois, scandes chaque phrase, chaque chiffre d'un mouvement de main catégorique, doigts refermés sur les paquets de billets des épargnants à convaincre.

En fait, cela ne va pas mal du tout pour toi. Comme nous, les habitants de Saint-Laurent, par amitié, ont ouvert des comptes, des livrets, réalisé des placements. Il faut dire que tu ne ménages pas ta peine, visites les foyers, le soir, après ta journée, pour porter la bonne parole, expliquer, comparer, évangéliser. Aux bébés qui viennent de naître, tu établis un livret de caisse d'épargne, et effectues, de ta poche, le premier versement. Aux jeunes, tu vantes les vertus de l'odyssée. Aux voyageurs, tu recommandes des poste-chèques. Bien sûr, tu te trompes parfois, hésites un peu, cherches fébrilement la marche à suivre pour envoyer de l'argent ou un colis express à l'étranger, relis deux fois les instructions, repèses les courriers, oublies l'étiquette « Par avion » sur mon paquet qui n'arrivera que quatre mois plus tard en Nouvelle-Zélande, et fais acheter à Chloé des SICAV qui stagneront pendant des années...

Mais dans l'ensemble, on n'est pas mécontent de toi du côté de l'inspection, on te l'a laissé entendre lors des dernières entrevues ; galvanisé, tu as le moral en hausse, et te laisses prendre aux charmes de l'ambition professionnelle... Aux banquets biannuels qui réunissent dans les meilleurs restaurants tous les postiers de la région, tu as fait des connaissances, sympathisé ici et là, discuté métier. Tu reviens toujours de ces ripailles le ventre tendu, l'œil allumé par l'alcool, l'amitié et une foi nouvelle en ton sacerdoce... Tu me racontes le menu, navré parce que, c'est sûr, tu oublies des plats, et me tiens au courant de tes résolutions :

« Tu vas voir, dès demain, le placement Machin, je vais travailler dessus ! A Saint-Laurent, j'en réalise au moins vingt, si je veux !... »

La semaine suivante, lorsque je te reparle du projet qui semblait t'emballer si fort, l'euphorie digestive s'est dissipée, tu as un rictus maussade pour avouer :

« Non, je n'ai pas commencé, pas le temps ; pas le courage non plus... »

Une espèce de tristesse amère se peint sur ton visage. « Tu te rends compte qu'il y a des gens à Saint-Laurent qui achètent encore leurs timbres ailleurs qu'ici ? » Je rigole :

« Tu touches un bénef sur les timbres ?

— Non, fais-tu, sérieux, mais ça compte dans les opérations, chaque timbre acheté, c'est un bon point pour ma poste ! »

Du côté du sentiment, ça pourrait aller fort, pour toi. Les jeunes filles de la région te font toutes les yeux doux. Ce ne sont pas elles qui iraient acheter leurs timbres ailleurs ! Il y en a une surtout, presque une gosse encore, qui, au lieu de demander un carnet, reviendra plutôt dix fois de suite dans la même journée pour voir le postier. Sa constance n'a d'égale que l'ingratitude de la nature à son égard, et tu la sers toujours avec une grande gentillesse que teinte, à peine, sur le soir, un doux agacement.

« La pauvre ! », commentes-tu quand, pour la dixième fois, elle a salué et tiré sur elle la porte de la poste.

Tu as tout dit. C'est vrai qu'elle n'a vraiment aucune chance de te conquérir.

« Trop jeune », expliques-tu indulgent. Puis tu ajoutes : « Tiens, si je voulais, il y en a une autre, aussi. Une kiné. Pas bête, celle-là. Même très intelligente. Elle est dingue de moi... »

Et devant mon regard interrogatif, tu expliques :

« Non, non... Trop compliqué !... Une fille libre, comme ça, moi ça me paralyse. Après, elle va s'attacher, elle va penser au mariage. Et moi... non, non. Je vais lui faire du mal, et c'est tout... »

Alors tu t'es rabattu sur Madeleine. Éducatrice dans les environs, divorcée, deux enfants. C'est encore pire pour toi. Ce statut de divorcée constitue un double tranchant redoutable aux yeux d'un doux effaré de ton acabit. D'autre part, une divorcée est aussi libre qu'une jeune fille, aussi avide, sinon plus, peut-être de (re)donner un sens à sa vie, désireuse d'installer non seulement un époux au bercail, mais aussi un père pour les petits à qui manque cruellement une présence masculine.

« Alors ça, tu comprends, ça, non ! t'exclames-tu. Ça me fiche trop la frousse ! Je me cherche déjà, et j'arrive pas à me trouver... Tu me vois avec une famille sur les bras ? »

D'autre part, une divorcée, c'est une femme qui a déjà été mariée et que hante le fantôme de l'époux en allé.

« Alors, merci bien ! commentes-tu. Moi, j'ai le chic. Elle dit rien, mais dans sa tête, elle compare. Il faudrait que je sois... je sais pas moi (amorce de mimique cromagnon, vite découragée, haussement d'épaules fataliste)... pour effacer le précédent. Déjà avec Annie... »

Parce que Annie est toujours avec son type. Qui la rend bien malheureuse. Elle t'appelle encore parfois au secours. Quand il sort par une porte, tu entres par la deuxième.

« Elle attend que je la console, dis-tu, résigné.

— Et tu y parviens ?

— Oui. Je l'énerve tellement que finalement elle se trouve mieux avec l'autre !... »

Ce rôle de faire-valoir ne t'emballe pas, ne t'indigne pas non plus. Au contraire, tu as l'impression, peut-être, de partager les responsabilités. Le bonheur d'Annie ne repose plus seulement entre tes mains à toi. Tu respires plus librement. As davantage de temps pour réfléchir, et te chercher...

« Madeleine, c'est fini, me dis-tu un jour. Il fallait choisir, pour les gosses. Ou se cacher, ou se montrer. Les deux m'embêtaient. Non, plus jamais de bonnes femmes à problèmes... »

C'est ainsi que viendront Béatrice, à la conjugalité infernale, Eliette, emberlificotée dans les méandres d'une séparation déchirante, et quelques autres encore, toutes blessées, toutes échouées un moment dans l'asile trompeur de tes grands bras embarrassés...

Un nouveau souci te bouleverse. Toi qu'un simple mot un peu sec émeut et tracasse, tu viens de te faire menacer de mort ! Tu me narres l'affaire avec du tremblement dans la voix. Une jeune femme de Saint-Laurent, qui avait des démêlés avec son mari, t'avait pris pour confident. Un jour, en vue du divorce auquel elle s'était fermement décidée, elle t'a demandé de témoigner qu'elle portait sur elle des marques de strangulation. Ce que tu as consigné dans un rapport écrit. Là-dessus, malheureusement, la jeune femme, très éprouvée, a fait une grave tentative de suicide. Seul un miracle l'a gardée longtemps entre la vie et la mort, puis finalement ressuscitée. Mais pendant qu'elle se débattait sur son lit de douleur, son époux, son beau-frère et son beau-père, sans doute impressionnés et inquiétés par la tournure des événements, ont fait irruption à la poste, fusil au poing, pour te braquer et te contraindre à te rétracter...

« J'avais la trouille, je t'assure ! Ils avaient un air super décidé. Ils m'ont dit : "Si tu te récuses pas, on te fait la peau", avec le canon du fusil qui me touchait. J'en menais pas large... J'ai essayé de discuter. Je bafouillais... On lit ça dans les journaux, on n'y croit pas, mais tu sais, avoir une arme en joue sur soi, comme ça, à bout portant, ça fout les jetons... »

Tu mimes ta peur, la ponctues de doigts réunis qui simulent la chute libre du trouillomètre, claques encore des dents, secoues, d'épaules convulsives, le frisson qui renaît en toi à l'évocation de la scène. Je comprends ton émoi.

« Qu'est-ce que tu vas faire, alors ? »

Tu ramènes sur moi ton œil bleu résolu :

« Ils peuvent toujours courir !... »

J'ai des problèmes de voiture et, en plein milieu de ta tournée, tu me prends à ton bord pour m'acheminer vers le collège. C'est un moment d'intimité exquis. Je partage avec toi quelques haltes aux boîtes aux lettres, Tu précises :

« Je m'arrête ici, puis encore un peu plus loin chez Grosset, ça m'évite de revenir par là. Après, on fonce au collège, je rentre par chez Rollin, je reprends la tournée, ni vu ni connu... »

J'ai un peu honte de te voler du temps, de te détourner ainsi de ton travail. Mais tu as raison de mes scrupules en deux ou trois embryons de phrases très convaincus :

« Mais non, je t'assure ! Quand je peux ! Ça me fait plaisir... Écoute, tu me rends assez de services... »

Les services que je te rends, ce sont surtout des lettres que j'écris pour toi. Une baronne à remercier, parce que là-bas, dans ton pays, elle a cédé un bout de terrain à l'association de foot dont tu es président. Un docteur à remettre vertement à sa place, parce que Annie, infirmière, a eu maille à partir avec lui... Un article à faire passer dans le bulletin mensuel de Saint-Laurent, pour signaler les progrès de la Poste, et exhorter encore la population à faire mieux. Une postulation personnelle pour une place au service commercial des PTT.

« Tu ne vas pas faire ça, Marcel ? Tu ne vas pas t'en aller ?

– Non, bien sûr ! Ils me prendront jamais. Mais fais la lettre quand même. Il faut insister sur la motivation. Moi, je saurais pas... »

Je fais la lettre. Je te la lis. Tu élargis des prunelles admiratives, relis plusieurs fois des bribes de phrases, répètes des mots que tu apprécies particulièrement, en gourmet :

« Toi, dis-tu, tu as le don... C'est formidable... Ils me prendront pas, mais je garderai le brouillon. Je garde tous tes textes... »

Dans le petit habitacle intime de ta voiture, on échange des secrets.

« Toi qui aimes mes mots, Marcel, je t'en ferai lire des pas ordinaires... j'ai entrepris d'écrire un truc super érotique. Porno, même. »

Tu tournes vers moi un visage intéressé :

« Sans blague ? Ah ! oui, ça me botte. Moi, j'ai lu les *Cécile et Jean*... Le malheur c'est que je peux pas lire longtemps... Tout de suite... »

Aller et retour sans équivoque du poignet... Je ris.

« Écoute, Marcel, je ne connais pas la série des *Cécile et Jean*, mais je crois que moi, j'ai tapé dans le créneau au-dessus... »

Et comme tu fais mine de ne pas comprendre, je précise :

« Plus hard... »

Tu ne me demandes pas comment l'idée saugrenue m'est venue de ce genre de tentative, mais, pas bête, t'enquiers :

« Et J.C... ? »

Je dis :

« Justement... »

Tu hoches une mine entendue... Tu viens de t'arrêter, fouilles dans ta sacoche, t'empares de deux lettres, sors de la voiture. Tu te presses le long de l'allée, pour ne pas me mettre en retard. La boîte aux lettres est tout au bout. Tu boites fort en trottinant.

Ta silhouette déhanchée m'émeut. T'es un peu mon frangin, Marcel Facteur. Je te dis tout. Tu devines le reste...

« C'est fantastique, ton histoire », t'écries-tu, tout éclairé de rêve, l'écharpe bleue dénouée lovée comme un serpent familier sur ton genou gauche.

Tu sirotes ton café dans lequel, grande victoire, tu ne mets plus désormais qu'un demi-sucre. Moi, je suis en chemise de nuit, et pantoufles, je traîne un peu, une grippette me garde au chaud pour quelques jours et j'en profite pour écrire.

« Écoute ça, Marcel... »

Je te lis quelques lignes parmi les plus torrides de ce troisième chapitre. Tu avales difficilement une gorgée.

« C'est violent », finis-tu par reconnaître.

On dirait que tu viens d'ingurgiter un verre de marc trop raide.

« Alors, te fais-je, un peu déçue. Ça ne t'excite pas ? »

Tu te troubles, bredouilles, t'excuses.

« Tu sais, moi, j'ai peur des mots. Ça me... »

Tu esquisses un geste douloureux, une sorte de crampe de la main à hauteur de l'estomac. Ma prose t'empoigne aux tripes et te malmène, c'est visible.

« Attends, promets-je, je vais te lire autre chose. »

Je tape dans du plus soft, te donne un échantillon de quelques minutes. Tes yeux brillent. Tu as l'air plus impliqué que tout à l'heure. Tu souris, soupires, te tortilles et, après dix secondes de silence, me demandes :

« Comment tu arrives à écrire ça ? »

Il y a dans ta voix un mélange d'admiration, de reproche, de scandale...

« C'est un sport, dis-je. Ça me plaît.

— Et qu'est-ce que tu en fais ?

— Je les lui fais lire.

— Alors ? Ça le... ? »

Là, la mimique cromagnon se corse d'un semblant de chevauchée fantastique. Comme j'acquiesce, Marcel s'illumine. Je suis une vraie femme qui écrit des cochonneries pour un vrai homme, et qui récolte, après lecture, la juste récompense de ses efforts. Le conte l'enthousiasme. Sa morale, en revanche, semble le turlupiner.

« Et J.C. ? »

La question m'embarrasse. J'ai envie de me lancer dans un tas de considérations amères, d'exclamations geignardes, d'affirmations rancunières et vengeresses. J.C. est de plus en plus absent, de plus en plus obsédé par son travail, de moins en moins concerné par mes états d'âme. Tant pis pour J.C. Bien fait pour J.C. J'ai envie aussi d'avouer « je ne sais pas », de demander « conseille-moi », de prédire « ça finira mal... ».

Je me contente de hausser les épaules, pour nier le problème. Et toi, avide de simplicité, prodigue de louanges, prompt à l'émerveillement, de me hisser sur un piédestal qui te rassure et t'éblouit ensemble :

« Toi, tu es vraiment une femme libre, et passionnée, et... tu vis à cent à l'heure ! Je t'envie, tu peux pas savoir !... »

Je me garde de te dire qu'avoir un amant, un amant de cœur, ce n'est pas une sinécure. Que celui-ci qui a déboulé dans ma vie depuis peu, mais s'y est si solidement installé, me coûte parfois, bien que différemment, autant de peine que J.C. Que j'aurais préféré qu'il reste à sa place initiale de fantaisie de passage, comme quelques autres, que je t'ai toujours racontés avec une légèreté gouailleuse, et insouciante... Que c'est un peu de moi-même, de ma dignité, de mon indépendance et surtout de mon féminisme que je sacrifie à écrire ces pages épicées... Que...

Et puis au diable toutes ces considérations oiseuses ! Je reprends ma lecture à voix haute. Tu secoues la tête d'un air mi-consterné, mi-réjoui. Je t'attrape par ton écharpe au moment où tu te lèves.

« My body belongs to me, Marcel.

– Alors là, tu exagères, rouspètes-tu. Déjà qu'en français je suis pas sûr de tout comprendre...

– Ça veut dire « mon corps m'appartient ».

– Tu n'es pas égoïste ! », dis-tu dans un éclat de rire.

C'est un samedi après-midi vers les seize heures que tu as rencontré Béatrice. Béatrice est une secrétaire qui travaille dans mon collège et pour qui je nourris une réelle affection mitigée de pitié, parce qu'elle est mariée à une sombre brute avinée qui transforme sa vie en enfer. Béatrice est blonde, mignonne, avec ses coiffures bien tirées sur sa petite tête, gaie la plupart du temps malgré ses avatars conjugaux, et très naïve. Elle rit fort, elle parle franc, elle resplendit d'un éclat juvénile et simple... Elle tombe souvent amoureuse, toujours très violemment, et tient à peu près tout le monde au courant de ses tribulations sentimentales en ne lésinant pas, parfois, sur les détails les plus intimes.

C'est ainsi que tu as acquis, dans mon établissement, une réputation que d'aucuns, envieux, attribuent à la légende...

Ce samedi-là, nous avons fêté, au collège, l'inauguration du self. Après le lunch, j'ai proposé à Béatrice, qui n'avait pas envie de rejoindre tout de suite ses turbulentes pénates, de venir finir l'après-midi chez moi... Nous buvions du champagne, avec Maryté, lorsque très

incongrûment, tu es apparu. C'était un de ces week-
ends où tu avais cru te sentir la force de rester à Saint-
Laurent et où, après quelques errances dans différentes
caves, un blues insurmontable s'était mis à te submer-
ger. Tu es arrivé un peu ivre, égaré, as fait mine, en
apercevant Béatrice, de rebrousser toute de suite chemin
en disant :

« Tu as du monde, je m'en vais. »

Nos protestations t'ont retenu, assis de force. On t'a
servi à boire. Dix minutes après, tu la faisais rire aux
larmes...

Le soir-même, quand elle est partie, tu es resté sans
façon pour manger avec nous et m'as longuement écou-
tée parler d'elle. De son côté, dès le lundi, Béatrice
m'attirait dans un coin, précaution de pure forme
d'ailleurs, pour m'interroger sans détour, à voix haute et
intelligible à tous... Elle soupirait d'aise, roulait des
yeux ravis, s'exclamait, commentait sa surprise et sa
joie, et sa fièvre qui l'avait empêchée de dormir pendant
deux nuits. Pour tout dire, elle était mordue.

Je ne lui ai pas caché, puisqu'elle me pressait de
questions, qu'elle t'avait fait, de son côté grand effet,
mais n'ai pas osé assombrir son allégresse en la mettant
en garde. Et cependant, je pressentais bien que son
immense ferveur ne tarderait pas à épouvanter l'incorrigible indécis que tu es, et qu'elle risquait, à trop se bercer d'illusions, un réveil des plus cuisants. J'ai décrété
lâchement que l'affaire ne me regardait pas, et vous ai
laissés nouer une idylle qui a transfiguré Béatrice pendant quelque temps...

Vous vous voyez chez moi.

« A la poste, c'est pas possible, m'as-tu expliqué. Avec Brameur qui lorgne tout ce qui se passe depuis sa fenêtre... »

Pendant ta pause-café, à présent tu deviens bavard, t'exaltes.

« Ah J'ai rencontré une femme, une vraie ! une comme toi, qui n'a pas peur de l'amour, tu vois. Rien ne la choque, elle ne se pose jamais de questions, elle se caresse pendant que je la prends. J'aime ça !... »

Tu as toujours la même mimique de sensualité gourmande et énergique, la mimique cromagnon, mais plus franche, plus joyeuse, parce que inspirée maintenant par le souvenir, et non plus le fantasme. Au bout d'un moment, tu t'arrêtes de parler de Béatrice pour, poliment, me questionner sur « mon histoire ».

« Il est jaloux de toi, dis-je.

— De moi ? et pourquoi ?

— Parce que Béatrice raconte partout qu'elle n'a jamais vu une queue comme la tienne, et ça le complexe ! »

Tu nages en pleine perplexité.

« Non ??? Qui ? Elle ??? Moi ??? Lui ??? Non, pas lui, pas un type comme lui ! »

« Mon histoire » jouit, à tes yeux, d'un prestige multiple. D'abord il est mon amant. Ensuite, pour t'amuser, je t'ai narré quelques épisodes savoureux vécus avec lui, lors desquels il s'est comporté exactement comme tu as toujours rêvé de le faire : en cosaque cromagnon, vrai homme, qui bouscule une vraie femme... Enfin, tu achèves de t'en faire, à travers le livre que je suis en train de commettre, une idée des plus flatteuses, mais des plus fausses (ce en quoi tu es pardonnable : le bouquin relève-ra, tous comptes faits, d'une entreprise de séduction abominablement servile et flagorneuse). Tu insistes, ahuri mais heureux :

« Lui, jaloux de moi ? Allez ? Il est pas comme ça ?

– Si Marcel, il est comme ça ! »

Je frôle la tristesse, et toi l'ivresse. On finit par rire ensemble. Quelle salade, nos délires ! Sans compter les ragots des voisins, les questions de la Jacqueline, qui repère les voitures stationnées devant chez moi, y voit la tienne à des heures inhabituelles, celle de Béatrice, une troisième encore, de plus en plus souvent celle-là.

« Moi, motus, jures-tu. Je ne sais rien, je ne vois rien. Mais... Ça les démange, mine de rien, on cherche à me faire causer... Je fais l'andouille, celui qui ne comprend pas... Seulement, pour J.C., c'est embêtant... »

Tu as un air sincèrement ennuyé.

« Te bile pas pour lui, Marcel. Je vais tout lui dire... »

Tu restes un moment bouche bée, yeux écarquillés. Tu vas encore t'exclamer que je ne suis pas une femme ordinaire.

Si Marcel, « Mon histoire » il est comme ça, et moi, je suis, hélas, une femme tout à fait ordinaire...

Nous mangeons chez toi. Récréation dans ma tour-mente. Le protocole a été long, complexe, aussi méritoire du côté de l'hôte que de celui des invités. D'abord tu as dit un jour, il y a longtemps :

« Vous viendrez manger à la maison, un des ces samedis soirs. »

Une autre fois, tu as ajouté :

«Quand la cuisine sera toute retapissée.

– Ah! bon, a dit Chloé, prévois des trucs pas durs à mâcher! Les parents seront à la retraite!»

Tu as ri, mais t'es piqué :

« Non, non, c'est sûr, j'y tiens absolument! »

En as reparlé, puis as oublié. Chloé te tenait les pieds aux reins, relançait le sujet quand il était perdu de vue depuis trop longtemps. Finalement, tu as renoncé à terminer la tapisserie, tu as parlé d'une date. Puis du menu, qui serait simple. Puis de la vaisselle, qui manquerait sûrement, mais, hein, à la bonne franquette. Puis des chaises, que tu ne possédais pas en suffisance. Chloé a dit :

« On les apportera.

– Surtout pas, vous n'apportez rien que vous, bien détendus, tranquilles, et ça me fait très plaisir. »

Tu as insisté sur le « très », mais as continué à t'angoisser pour des tas de détails sans importance, à nos yeux du moins. Finalement le grand soir est arrivé. Tu nous as ouvert, très préoccupé, l'œil rivé sur la cuisinière, le nez en alerte.

« Vous ne trouvez pas que ça sent le brûlé? Oh! ce n'est pas de la grande cuisine... Vous n'allez peut-être pas vous régaler... »

Nous étions, comme tu l'avais souhaité, très détendus. C'est toi qui ne l'étais pas. Tu avais fait les courses dans l'après-midi, avais consulté des tas de gens, comparé des tas de recettes, opté finalement pour un compromis hybride parce que, pour celle-ci, tu n'avais pas tous les ingrédients, et que, pour celle-là, c'était le four qui te faisait défaut... Passé la longue litanie de tes doutes, avertissements, hésitations et excuses, nous avons bu l'apéritif, et commencé une soirée délirante.

« Si les huîtres sont marron, nous avertis-tu, ne vous affolez pas, c'est le dessert qui a coulé dedans !... »

Auquel dessert, nous sommes absolument hilares, et absolument plus en mesure de nous rendre compte qu'il n'a pas l'allure ni le goût qu'il devrait avoir.

« C'est des poires au café, précises-tu, mais j'ai remplacé le caramel par du chocolat. Et d'ailleurs, c'est beaucoup plus liquide que quand j'en ai goûté chez D... Bizarre. J'ai dû rater quelque chose... »

Nous rions beaucoup. Tu insistes :

« Je vous assure, c'était délicieux ! délicieux... »

J.C. me tient par la taille. Je suis bien chez toi, sur ta chaise bancale, dans ta cuisine sans apparat. Tu répètes :

« Ah ! Ça me fait plaisir, que vous soyez venus ! »

Tu nous raccompagnes à la porte, en nous enjoignant le silence parce que Brameur de l'autre côté de la place, a le sommeil fragile, et le réveil irascible.

« Un jour, as-tu le tort de nous confier, j'ai trouvé un mot anonyme sur mon pare-brise, un mot qui disait que je faisais trop de bruit quand je recevais mes copains. Je suis sûr que c'est lui. »

Nous nous mettons à pousser des cris affreux dans la nuit :

« A mort les corbeaux ! On les emmerde ! »

Partagé entre terreur et exultation, tu ris et nous supplies de nous taire, pour rire encore... Plus jamais, jamais, nous ne rentrerons de nuit par la petite place de Saint-Laurent sans klaxonner congrûment sous les fenêtres de Brameur.

Et même aujourd'hui que tu es parti, et surtout parce que tu es parti, si je devais repasser par la place de

Saint-Laurent où je n'habite plus, entre les fenêtres de
Brameur et la porte de la poste, je déclencherais dans
l'indifférence des ténèbres les coups de trompe joyeux
de mon avertisseur pour dire que tu me manques, et que
je me souviens...

Tu as emmené Béatrice dans la campagne. Tu avais
honte de venir toujours chez moi. Vous vous êtes cou-
chés dans l'herbe, sur la couverture que tu as apportée.
Tu l'as caressée doucement comme elle aime, encouragé par sa complaisance à s'ouvrir, à te diriger. Tu gon-
flais dans ton jean à le faire éclater. Elle a posé une de
ses petites mains sur ta braguette surpeuplée, a flatté
l'animal vibrant qui s'y débattait. Ta main à toi a rencontré son autre menotte au plus mouillé de son ventre.
Tu débordais d'amour et de tendresse, penché sur elle
sans l'écraser, tu lui as murmuré des choses naïves et
folles, qui lui ont fait soulever les reins. Sa fente ruisse-
lait sous tes doigts avec un menu bruit terrible.
« Ton petit minou tout mouillé, donne-le-moi ! »
Ta bouche contre son oreille, tu réclames ce qu'elle
ne songeait pas à te refuser, pour fouetter votre désir, tu
répètes ta prière d'une voix qu'elle ne reconnaît plus et
qui la creuse d'une voluptueuse appréhension. Ses
ongles impuissants griffent tes boutons, s'énervent. Tu
quittes son sexe chaud pour lâcher ta ceinture, tu es
maladroit et pressé, manchot parce qu'elle te prive de
ton bras droit sur lequel elle repose et ondule. Elle
t'aide dans ta besogne, s'emploie à tirer sur le slip, à
libérer la bête. Au jaillissement, elle a cette extase,
rituelle à présent, et toujours renouvelée, qui arrondit sa

bouche et fait briller ses yeux. Ta colonne oscille devant elle, ses doigts n'en font pas le tour, c'est un cylindre de chair dure, de peau douce, où la vie pulse à courts à coups nerveux; la petite patte qui s'y cramponne a quelque chose, dans sa joliesse, dans sa frénésie, d'un insecte déboussolé. On voudrait te prendre, t'agripper tout entier, te branler, t'amener au bord du spasme, bien déshabillé, la tête de ta bite bien ouverte, bien profonde et offerte, et la caresse s'affole dans sa vanité, la manœuvre échoue, dérisoire, disproportionnée. Toi-même tu trembles à présent, car le nid où tu fourrages d'un doigt pourtant exigeant te semble bien minuscule pour l'occupant que tu voudrais y loger. Mais contre toi, Béatrice s'essouffle et t'appelle. Sous ses fesses soule-vées, tu as passé ta main, la fureur du plaisir t'emporte, te voilà au bord d'elle, à pousser doucement d'abord, puis plus fort, elle gémit sans protester, tu la sens céder peu à peu, ton bout a fait sa place, tu t'installes des hanches, elle roule du bassin à ta rencontre, tu sens sa petite chatte ouvrir une grande, grande gueule, tu t'enfonces toujours, autour de toi les murs élastiques t'emprisonnent d'une étreinte irrésistible, tu ignores si tu pourras reculer d'un seul centimètre pour repartir encore, pour limer un peu, pour voyager à peine, tu es planté au fond d'une ventouse de bonheur qui t'aspire la bite et ne la lâche plus, Béatrice lève les jambes, les croise derrière ton dos, tu sens sa main qui palpite sur son bouton, entre vos deux ventres. Elle doit avoir le con bourré à n'y pouvoir mettre un cheveu, et le reste de sa chatte distendu, ses lèvres roses allongées, transfi-gurées comme les pétales d'une fleur trop épanouie... La vision t'incendie, tu sens ta queue tétée follement, au

plus bouillant d'un brasier, là-bas... Tu es un gigantesque biberon et elle te boit, elle te boit, elle te boit...

La jouissance te fait crier comme un gosse et elle
aime ça, et elle en redemande... Et toi tu la prends, tu la
soulèves, tu la fais rouler sur toi, sous toi, légère dans
tes bras, joyeuse, si simple, si amoureuse...

Après, tu viens me raconter. Pas tout. Tu sais que j'ai
de l'imagination. Tu ne me dis que les choses drôles ou
incongrues. Par exemple :

« D'un coup, elle se met à crier. Je regarde : un serpent
nous arrivait dessus. On a fait vite pour décamper ! »

« Marcel, je lui ai tout dit.

— Tout ?

— Je n'ai pas dit qui c'était. J'ai dit... l'histoire.

— Pourquoi ?

— Je ne sais pas.

— Si, tu sais. C'est parce que tu l'aimes. »

« Marcel, je n'aurais pas dû. Il va devenir fou, et moi
avec.

— C'est sûr qu'il est bizarre en ce moment. Moi, je ne
viens plus boire le café le samedi !

— Ah ! non, fais pas ça, Marcel ! C'est un des rares
bons moments de la semaine !

— Bon, alors, je viens. Mais tu te promènes plus en
chemise de nuit.

— Ça t'offusque ?

— Quand il est là, oui. »

« Marcel, je lui ai fait lire mon livre !

– Non ?

– Qu'est-ce qu'il a dit ?

– Que c'était nul.

– Alors ?

– Alors je vais l'envoyer à Régine Deforges. Branche ton Minitel, et trouve-moi l'adresse. »

« Marcel, Béatrice a pleuré toute la nuit. Elle avait les yeux tout rouges ce matin.

– Oui, je sais, je suis un salaud.

– Appelle-la au moins. Un petit mot gentil ?

– Oui, non, tout à l'heure, ou demain... Tu vois, j'en étais sûr ! J'ai préféré arrêter avant...

– Avant quoi ?

– Qu'elle s'attache.

– Ah ? »

« Marcel ! On m'a téléphoné de chez Régine Deforges ! Un type adorable, avec une voix adorable, qui m'a dit des choses adorables !

– Allez ?...

– Que le livre était bon, mal tapé, mais bon, et qu'il voulait le publier.

– Allez ?

– C'est grâce à toi, Marcel ! C'est grâce à ton Minitel !

– Arrête tes conneries ! Non, là, je suis baba ! Tu vas au bout, toi, c'est ça que j'admire ! Peut-être, un jour, tu seras célèbre, et je dirai : "Je la connais !"

– Je t'aime, Marcel Facteur ! »

Mon livre tarde à paraître. De loin en loin, on m'en donne des nouvelles floues. Je m'en fiche, je n'ai pas d'impatience. Et la vie devient très compliquée. Toi Marcel, tu t'épuises aussi, tu cours après le temps, après l'amour, après toi-même. Il y a toujours des femmes qui te désirent, elles sont toujours tourmentées, et tu bois avec elles de la tisane le soir.

L'une, fort belle, t'a séduit d'un regard de ses magnifiques yeux pairs. Elle n'habite pas loin de la poste. Elle semble très froide. Elle te convie quand même à partager ses veillées d'épouse délaissée, en mal de vengeance. La fumée des verveines dont elle t'abreuve tremble entre vous sans la réchauffer. Un soir pourtant, elle t'emmène jusqu'à son lit. Tu y célèbres une demi-victoire, assez satisfait de toi, sinon de vous. Tu t'es assoupi sur tes exploits qui ne l'ont pas fait crier. A trois heures du matin, elle te secoue avec rage :

« Dégage ! Tu n'as rien à faire ici ! »

Tu es parti, vite rhabillé, mais en chaussettes. Tu as remonté la rue tes chaussures à la main. Brameur a l'ouïe si sensible !

Tous les soirs à présent tu descends en grand mystère chez ton étrange maîtresse. Toutes les nuits, tu en reviens déchaussé, perplexe. Un jour, elle t'annonce qu'elle a averti son mari. Tu comprends que tu n'as servi que sa rancune. Tu te trouves ridicule et pitoyable. Jamais tu ne penseras que l'occasion te fut belle, et que tu as su l'exploiter. C'est le contraire qui te navre : qu'on ait profité de toi si longtemps, et que, même en flairant les mobiles véritables de cette jolie femme qui se donnait sans joie, tu n'aies jamais eu le courage de te

refuser, de renoncer à la vile facilité de lui faire mal
l'amour. D'ailleurs, il en va de même tout le temps et
partout, tu as toujours l'impression de te laisser avoir un
peu. Pour attirer des clients à la poste, tu n'hésites pas à
offrir beaucoup, quitte à le regretter ensuite. Les viticul-
teurs sont tes copains. Ils font désormais leurs opérations chez toi. Donc toi, tu leur prends du vin, six bouteilles ici, douze là, par correction, par retour de
politesse, et plus qu'il ne t'en faut. Plus en tout cas que
ton budget te le permettrait. Tu achètes ta viande chez la
bouchère du village, même si elle est plus chère
qu'ailleurs, tu assures la poste chez T., sans calcul mes-
quin, parce qu'il est ton voisin. Tu t'interroges quelquefois, amèrement : Ne fais-tu pas un peu la pute finalement, pour ton bureau ? Tu te demandes si le jeu en vaut
la chandelle, et pourquoi tu te donnes tellement de
peine. Déjà, à force d'endoctrinement amical, tu as
conquis la clientèle d'une secrétaire d'entreprise et de
deux représentants qui travaillent à Lyon, mais viennent
acquérir chez toi les timbres de leur abondant courrier.
Tu leur en dois de la reconnaissance. Alors, ce sont de
petits services, une disponibilité permanente, une perpé-
tuelle attitude de débiteur humble. Tu ne peux pas rester
indifférent à tous ces gens de Saint-Laurent qui, chaque
jour, honorent ton agence d'une visite, la fortifie d'une
opération. Dire que tu es arrivé de Colmar un samedi
après-midi avec ta R5, que ne comblait pas même un
semblant de déménagement ! Tu venais camper plutôt.
A peine déposés ton matelas, ton assiette, ta poêle, à
peine rencontré l'intérimaire qui attendait la relève,
repartais-tu voir Annie à Lyon. Mais déjà, ce jour-là, B.
avait brisé ton élan, entravé ta fuite en t'appelant dans

sa cave. Tu avais pensé « C'est sympa » et frémi
d'appréhension. Saint-Laurent allait te bouffer, pauvre
Marcel trop doux ! Te bouffer tout cru.

Je ne te vois plus le matin. Quelqu'un d'autre fait ta
tournée parce que ta suppel est en congé. La suppel, ou
suppléance électrique, c'est Mme Roger qui doit son
titre aux téléphone et télégraphe qu'elle est censée assurer, sans compter les livrets de caisse d'épargne, et
toutes les opérations éventuelles en ton absence. Mais
une grande répulsion l'a toujours figée à l'idée des
comptes et des chiffres à manipuler.

« Je ne touche pas à ça ! », a-t-elle déclaré.

Tu as dit :

« Bon. »

Mais maintenant, tu t'agaces parfois en te demandant
si ton bureau n'a pas changé de raison sociale. Non seulement Mme Roger y vend ses cigarettes et ses journaux, mais comme elle représente la Régie, à l'époque
des vignettes, ou des expéditions de beaujolais nouveau,
on se rue chez toi, on s'y piétine pour obtenir les auto-
collants à couleur variable, et les acquits de transport.
Bientôt, Mme Roger prendra sa retraite. On ne confon-
dra plus ton fief avec une annexe de la Régie et des
Tabacs, mais le souci n'en demeure pas moindre, c'est à
toi de recruter la remplaçante ! Et il y a dans le village
un certain nombre de postulantes ! La perspective de
devoir choisir te crucifie déjà.

Je passe te voir à ton guichet. Tu es triste, sans allant.
Tout te pèse. Ne plus faire momentanément ta tournée,
le matin. Ne plus me voir. Ne plus rien savoir de moi. Et
puis... tu ne devrais pas me le dire, mais... Enfin, c'est
un secret, ça relève du secret professionnel. Tu hésites,

tu balbuties. Je te secoue, impatientée. Enfin, terrorisé, tu me lâches tout : J.C. est venu, a pianoté longtemps sur ton Minitel, il cherchait une adresse, il avait un drôle d'air.

Je m'en vais en promettant le silence, résignée à la scène qui ne manquera pas d'arriver. « Mon histoire » a cessé de t'éblouir, Marcel. Elle t'effraie. Ne t'inquiète pas trop, je ne te demanderai pas de témoigner contre qui que ce soit. Les coups, c'est moi qui ai commencé à les donner. Un docteur a soigné ceux que j'avais reçus, m'a conseillé de porter plainte. Pour quoi faire ? Il y a longtemps que je ne suis plus la plus plaintive des deux...

Te revoilà le matin ! Tu râles encore. Le chien des Sapin devient de plus en plus menaçant, et tu n'oses pas leur demander de l'attacher. Ils prétendent qu'il n'est pas méchant, et figurent parmi tes meilleurs clients. Et puis, le fou d'orchidées t'a encore coincé, il a donné libre cours à sa passion devant toi, et, pour ne pas le désobliger, tu l'écoutais bouche bée. Ce qui t'embête, c'est que tu as semblé si intéressé qu'il t'a promis de t'en procurer. Tu es sombre devant ton café. Et encore cette bonne femme inconnue, hier, de passage à Saint-Laurent, qui t'a demandé cent timbres à deux francs, est partie sans les payer. Le temps que tu réalises, elle était loin. C'est deux cents francs de ta poche à mettre pour combler le trou ! Tu te donnerais des baffes... Et ta tournée qui s'allonge, chaque jour, incompréhensiblement. On s'embusque, on te guette. B., là-bas, insiste toujours :

« Allez, un petit blanc, Marcel ? »

Tu ne sais pas dire non. Au bout du compte, la dernière des maisons, c'est celle des Condemine. Tu n'y arrives jamais avant midi. Et tu promets toujours :

« Demain, Madame Condemine, juré, promis, je m'arrête. »

A moi, tu confies :

« J'ai honte ! Ils sont adorables, ces gens, et je n'ai jamais de temps, pour eux ! »

Ton métier vire au sacerdoce, Marcel. Tes gémissements ne m'amusent plus. Tes rêves non plus, qui s'apparentent à des cauchemars. Quand tu vas chez la « sorcière », par exemple. Une drôle de bonne femme, qui habite un abominable taudis. Toit ruiné, fenêtres crevées derrière des persiennes de guingois, jungle infâme dans ce qui tient lieu de jardin. Les orties et les ronces s'y disputent l'espace avec les ordures accumulées depuis la nuit des temps. Les boîtes de conserve rouillées, les briques de lait, les journaux, les cartons, les pots de verre, les bouteilles de plastique submergent tout, noient le chiendent, poussent les murs du pauvre appentis qui chancelle au bord de la chute dernière, montent à l'assaut de l'escalier malade. Et là-haut, sur le balcon, derrière la porte d'entrée que tu n'as jamais pu franchir qu'à peine, car les détritus accumulés l'empêchent de s'ouvrir, embusquée, hideuse dans ses tricots superposés et sous son bonnet de laine, la sorcière t'épie, tend sa main noire pour attraper le magazine que tu apportes. Ah !... Elle t'impressionne, la créature ! Précédée, suivie, enveloppée d'une odeur innommable, elle te plonge dans une fascination nauséeuse. Instruite avec ça, curieuse de tout, sans doute, abonnée à des tas de revues. Tu passes donc chez elle quotidiennement, et quotidiennement tu t'en enfuis, comme aiguillonné par son regard insondable sur ton dos crispé. Avant de franchir la grille qui grince toujours sa plainte rouillée, tu as un regard pour le dépotoir, dehors. On est loin du Paradou de Zola ! Ce serait même plutôt une vision originale de l'enfer, ici. Car, au milieu du gigantesque dégueulis des poubelles englouties, un coq se débat, attaché d'une chaîne à la patte, ferraille sinistrement, comme un fantôme, et spasmodiquement, écorche le silence de la campagne d'un long cri affreux.

C'est ce coq qui te turlupine de visions insensées.

« Je te dis qu'elle couche avec ! », me dis-tu, et ta prunelle se fige, tout ton visage marque une horreur superstitieuse, un dégoût fiévreux.

Une mémoire ancestrale se démène en toi et souffre, imprégnée de souvenirs médiévaux : quand les sorcières clouaient les chouettes, et saignaient les volatiles pour leurs messes noires. Ah ! ce coq ! Tu es sûr qu'il te regarde d'un sale œil, d'un œil maléfique. Tiens ! Tu préfères le chien des Sapin !

Quand tu ne me parles pas de la sorcière, tu frémis encore en évoquant la Joséphine. L'hiver est fini, et ses vieux rhumatismes la laissent un moment au repos. Plus besoin de la dorloter. Mais tu rapportes de chez elle d'autres sortes d'émotions.

« C'est une vieille fille, m'expliques-tu. Mais attention ! Une qui en a touché ! Si tu savais les allusions sexuelles qu'elle me lance ! Je t'assure qu'elle me roule un œil !

– Celui dans lequel du mets des gouttes, Marcel ? C'est tout un symbole !

– Rigole ! Rigole ! Ma main au feu que si je me laissais faire !... »

Tu secoues des épaules épouvantées à l'idée de ce

vieux corps bientôt nonagénaire contre le tien. A force de la mettre au lit au temps des frimas, tu as dû finir par la tournebouler, tu es si irrésistible !

« N'empêche que je me méfie ! déclares-tu encore, en riant sans trop d'entrain. Tu imagines qu'un jour elle me saute dessus ? »

Évidemment je me tords, pleine de la certitude, pour l'avoir si souvent entendu, que tu « ne sais pas dire non ».

Heureusement, toutes tes amoureuses ne frisent pas le siècle. Tu comptes même, parmi tes plus ferventes adoratrices, quelques délicieuses jouvencelles qu'un rien suffirait à encourager. Mais la jeunesse t'effraie autant que son contraire, et devant les yeux de velours de Gaëlle, de Marie, de Muriel, tu te contente d'exhiber ton gros album de timbres. La philatélie est un dérivatif imparable aux passions qui menacent...

L'autre jour, toute l'escouade des plus petites, aggravée de Jonathan qui t'aime bien et se fiche pas mal des conventions, est venue ranger ta maison, faire ton lit, préparer ton repas. Maud, Chloé, Éléonore, elles secouaient le chiffon avec un affectueux dédain de petites mamans. Ce Marcel ! ce n'est pas les soins du ménage qui l'oppressent ! Jonathan touillait une casserole, gentil, complice.

« Pour une fois, Marcel, tu vas faire un bon repas ! »

Derrière ta banque, tu riais, avec une grosse chaleur dans ton cœur de grand frère. Tu oubliais tout, les sorcières, les soucis, et cet inconnu éploré, détroussé, échoué dans ta poste, à qui tu venais de prêter cinq cents francs de ta poche, et que tu ne reverrais sans doute jamais. Et tu pensais : « Comme je suis bien, ici ! »

Tout le monde t'aime. Trop, même. Ton amitié suscite des jalousies, ta serviabilité ravit ici, et agace là. Un jour, je dépose à la mairie une demande de passeport pour Chloé, qui doit partir au Mexique. Quelque temps après, coup de fil. La secrétaire de mairie m'enjoint sèchement de venir signer et prendre le passeport. J'ai le tort de répondre :

« Donnez-le à Marcel. Il me l'apportera demain, je le signerai chez moi. »

Elle le prend de très haut :

« Marcel n'a rien à voir là-dedans. Il faut signer devant nous.

– Pourquoi ?

– Pour qu'on soit sûr que c'est bien vous qui avez signé !

– Mais à qui voulez-vous que je le fasse signer ?

– On ne sait pas, mais on n'a aucune preuve que ce passeport nous ait été demandé par Madame L, la mère de Chloé.

– Attendez, vous êtes en train de me parler, à moi, de ce passeport. Je vous dis que je le signerai. Vous m'avez appelée, au numéro de téléphone marqué dans l'annuaire. C'est donc bien moi qui vous parle !

– Non, je n'en sais rien ! »

A bout d'argument et de patience, je fonce à la Mairie. Le maire est là aussi. Il soutient sa secrétaire, me gronde gentiment.

« Écoutez, si encore vous m'aviez fait passer par Marcel un mot de votre main, disant que vous alliez signer chez vous le passeport.

– Un mot de ma main ? Et vous l'auriez reconnu

comment ?

– Vous l'auriez signé ! »

Je suis partie en leur demandant s'ils avaient une parenté quelconque avec Fernand Raynaud ou Raymond Devos. L'incident eût été clos si la secrétaire ne s'en était prise à toi, toujours trop disponible, et dont les services frôlaient l'illégalité. Tu geignais le lendemain, devant ta tasse de café :

« J'étais embêté, je t'assure ! Elle me fusillait du regard, je savais plus quoi dire. »

Ça y est ! Te revoilà tout chagrin et pitoyable, tout déprimé.

« Allez Marcel ! T'en as déjà vu des comme ça ? Hein ? Réponds !

– D'abord, sors de devant le fenêtre ! La Jacqueline doit me surveiller. Alors, fais voir ? »

Finalement, mon livre ne paraîtra pas. Il a, paraît-il, suscité des polémiques... C'est déjà plus que je n'en espérais. Au retour des vacances de février, j'ai trouvé le paquet du manuscrit sur la table de téléphone, et, sans même l'ouvrir, je l'ai jeté au fond d'un tiroir. Tu m'interroges :

« C'est ton livre, que je t'ai rapporté ? Tu n'es pas trop déçue ? »

Je n'ai guère le temps, à dire le vrai, d'être déçue, ou de m'en apercevoir. Le climat à la maison devient irrespirable. Et en dehors de la maison, c'est glauque aussi. « Mon histoire » est au courant de l'aveu que j'ai fait. « Mon histoire » trouve la chose hurluberlue et inquiétante. « Mon histoire » ne m'honore plus que d'un désir circonspect...

Quant à toi, tu es fatigué. Te lever le matin t'accable de plus en plus. Et pourtant, depuis que des bruits ont couru à la poste du Bois, selon lesquels les collègues, en t'apportant le courrier à huit heures, étaient obligés de tambouriner à ta porte pour te réveiller, tu fais des efforts réels pour ne plus jamais prêter le flanc à la critique. Bien sûr que les rumeurs n'étaient pas fondées, mais elles t'ont blessé quand même ; maintenant, tu te coiffes soigneusement et te pomponnes pour recevoir la moisson des messages quotidiens. Mais un dégoût pesant alourdit tes pas à travers le village, et semble distendre indéfiniment les neuf kilomètres de ta tournée environnante. Un après-midi, je bouscule joyeusement ta solitude somnolente en brandissant dans ta poste un papier :

« Marcel ! J'ai retrouvé mon manuscrit dans un tiroir. Je n'avais pas ouvert le paquet. Regarde ! Une note de lecture ! Lis ça, c'est plutôt encourageant, non ? »

Tu t'appliques à déchiffrer la feuille que je t'ai collée sous le nez, et arrondis des mirettes émerveillées :

« Ah ! oui ! c'est bien ! Très bien ! Qu'est-ce que tu vas faire ?

— D'abord je vais faire taper mon texte par une pro. Le charmant garçon que j'avais eu au téléphone me l'avait vivement conseillé. Ensuite, photocopies. Et hop ! Je l'envoie à d'autres éditeurs ! »

C'est ainsi que, nantie de trois jeux de manuscrits, je me pointe à la poste un beau matin.

« Marcel, je peux me servir de ton Minitel ? »

Comme je ne comprends rien à la manipulation de l'engin, c'est toi qui tapes à ma place. Je t'ai demandé des noms d'éditeurs locaux. Tu me dictes une suite conséquente de numéros de téléphone sur Lyon, puis me proposes obligeamment d'appeler de chez toi, puisque tu ne payes pas les communications. Je m'installe dans ta chambre, par terre, adossée à ton lit. La grande aventure va commencer. J'enregistre machinalement les draps défaits, une chaussette vagabonde, des revues éparpillées pas très catholiques. Je suis bien dans ton intimité, je prends une grande inspiration, et je me lance :

« Éditions M. ? Bonjour, Madame. Je vous appelle parce que je suis un auteur de la région, et que j'ai un manuscrit à proposer.

– Quel genre ?

– Érotique... »

Les réponses sont variées. Parfois, il y a un petit silence perplexe au bout du fil. On croit à un canular. Parfois, on s'intéresse. Souvent, on décline la proposition :

« Pas le genre de la maison. »

Je sors de ta chambre hilare, je viens de contacter des éditions religieuses. L'accueil a été des plus froids. Finalement, mon enquête s'avère infructueuse.

« Donne-moi des éditeurs parisiens, Marcel ! »

Tu t'exécutes, mais la liste, cette fois, menace de nous accaparer le reste de la journée. Rien qu'à l'initiale A, les noms s'accumulent, et pas un que je connaisse... Voilà les B. Ah ! tiens, celui-ci tout de même, on en entend souvent parler. Docile, tu me relèves son numéro et son adresse. Pour les autres, je me laisse guider par des patronymes prometteurs : « La Différence », éditions des « Femmes »... Tu mets une application respectueuse à peser mes envois, à scotcher les bords des enveloppes.

Tu vas même jusqu'à libeller à ma place, réprobateur devant mes pattes de mouche nerveuses et bâclées. « La Femme de papier » caressée par tes doigts d'expert, habillée de papier brun, décorée d'une estampille rouge « LETTRE » peut prendre un deuxième et triple envol... Moins de quinze jours plus tard, je t'exhibe le télégramme, délivré par la poste du Bois : « Votre femme de papier nous intéresse. Prière téléphoner d'urgence. B. ».

« Et j'ai téléphoné, Marcel ! Il m'a invitée à manger. Je vais à Paris jeudi ! »

J'ai déjà franchi la porte que tu demeures encore béat, derrière ton comptoir... Tu te réveilles in extremis pour crier :

« Tu me raconteras ? »

On m'a fait attendre dans un grand salon pompeux dont le stuc s'écaillait. Après un laps raisonnable, un homme est entré, belle carrure, cheveux blancs. Il arborait un grand sourire, a tendu les mains vers moi.

« Quel livre ! » s'est-il exclamé, dans une sorte de soupir douloureux et ravi.

Il m'a fait asseoir près de lui, sur un canapé. Il a poursuivi :

« J'en ai pris des crampes dans la queue, moi, de vous lire ! »

Et il s'est mis en devoir de relire à voix haute certains passages du manuscrit qu'il tenait.

« Savez-vous, a-t-il demandé, que vous écrivez souvent en alexandrins ? »

Il en a cité un ou deux, gratinés, puis s'est emparé brutalement de ma main qu'il a posée sur sa braguette.

« Tenez ! Jugez par vous-même ! Hein ? Quel texte ! »

– En effet », ai-je dit, le plus sérieusement du monde.

C'est là qu'il a commencé à se déchaîner, à vouloir me renverser sur le canapé, avec des mains affolées, une bouche gourmande, des commentaires précipités :

« Ah ! j'en étais sûr, vous êtes telle que je l'imaginais ! Un look institutrice, avec du feu à l'intérieur ! Je le savais ! Je le savais ! Femme à lunettes, femme à quiquettes ! »

Je me suis posé à toute vitesse deux questions : « Est-ce que tous les éditeurs sont comme, ça ? » et « Quelle attitude adopter quand on a écrit des cochonneries qu'on n'a pas envie de faire ? » Je ne pouvais pas jouer à la mijaurée offusquée. La verdeur de mon texte me l'interdisait. Je ne pouvais pas non plus me laisser vulgairement sauter par ce vieux beau incendié qui ne me tentait pas. Je l'ai repoussé gentiment, me suis levée :

« Monsieur B., si je vous avais envoyé un livre de recettes, me demanderiez-vous de vous cuisiner un bœuf en daube, tout de suite, là, à l'improvisade ? Vous m'avez invitée à déjeuner, allons déjeuner ! » Mon argument l'a amusé. Il s'est résigné, non sans grimace, à m'accompagner dans la rue. Là, une averse diluvienne nous a surpris. Nous nous sommes réfugiés sous un porche, et B. m'a entraînée très vite au fond de l'allée.

« Dites-moi au moins la couleur de votre culotte ? », a-t-il supplié.

L'immeuble était cossu et désert. Un ascenseur à grille demeurait suspendu face à nous, arrêté au premier. Soudain, j'ai entendu un pas sur les marches de pierre. J'ai prestement relevé ma jupe :

« Constatez par vous-même ! »

B. a blêmi, s'est aplati contre le mur. Une femme arrivait, débouchait de l'escalier. Elle nous a vus, mais a tourné vivement la tête, discrète. B. grelottait d'angoisse.

« Arrêtez-vous, je la connais ! C'est une employée de mon notaire ! Nous sommes dans l'immeuble de mon notaire ! »

Mon exhibition l'avait, je crois, totalement domestiqué. Il s'est tenu tranquille pendant le repas, m'a raconté des choses intimes et attendrissantes, n'a dérapé qu'une fois pour me parler d'une jeune femme qui lui avait adressé un livre très audacieux, elle aussi, un livre impubliable bien sûr, mais il avait tenu à la rencontrer pour voir sa tête. Je l'ai interrompu.

« J'espère qu'elle ne venait pas d'aussi loin que moi. Faire 450 kilomètres pour montrer sa tête à un éditeur qui ne publiera pas votre livre... »

Il a eu l'air contrit. J'ai posé mon pied, sous la table, entre ses jambes. Il a parcouru le restaurant des yeux, effaré, en murmurant :

« Je vous en prie, je suis très connu dans le quartier, je ne peux pas me permettre !... »

J'ai joué à le compromettre, avec ma tête d'instit à lunettes-quiquettes et mon pied sur sa bite. Il était éploré. Il a trouvé des mots touchants, finalement et, dans la rue, quand j'ai pris son bras, avec familiarité, je ne préméditais plus de l'embarrasser. J'avais seulement un peu bu et il m'était agréable de m'accrocher à quelqu'un de solide. Solide ? Tu parles ! Il s'est écarté de moi comme si je le brûlais en alléguant cette fois sa femme qui risquait de nous surprendre.

« Elle est très jalouse, et terrible ! », m'a-t-il avoué.

Il m'avait demandé, pendant le repas, d'adoucir mon livre. En l'état, il ne pouvait l'éditer. Il était coté en bourse et risquait de voir sa cote diminuer. Mais peut-être le publierait-il s'il était moins violent. J'avais refusé :

« Il paraîtra ainsi, ou pas du tout. »

Nous rentrions à son bureau, il devait m'y remettre des ouvrages pour me servir d'exemple, la prochaine fois. Des histoires érotiques sans excès. Il me disait :

«Ça ne vous amuserait pas de passer à la télé ? Avec un livre comme le vôtre, c'est impensable, ça ne vous arrivera jamais. »

Je me retenais de lui dire que je me foutais de passer à la télé, et même, que j'aimais mieux pas. Nous étions dans son vestibule. La secrétaire nous a coulé un œil bizarre. Il m'a entraînée dans le salon déjà visité, puis dans son bureau, puis dans une petite pièce attenante, très simplement meublée. Il a appuyé sur un bouton. La secrétaire est arrivée. D'un geste, il l'a agenouillée devant lui, il s'est assis jambes ouvertes sur le canapé, il a sorti sa queue, il m'a dit :

« Regardez, ici non plus nous ne répugnons pas aux joies du sexe. »

La secrétaire sans hésiter s'est mise à le sucer. J'étais plongée dans la perplexité lorsqu'une sonnerie a retenti. D'un seul coup, branle-bas de combat. La secrétaire s'est relevée, a couru vers la porte du bureau. B. s'est rembraillé, m'a poussée vers une autre porte, a bredouillé des excuses, des au revoir, a invoqué sa terrible femme qui arrivait, a oublié de me donner les livres promis, m'a juré :

« Je garde le manuscrit, je m'en occupe ! », et je me suis retrouvée dans la rue, humiliée, dépossédée, certaine d'avoir été le jouet d'une mise en scène granguignolesque qui devait les faire se tordre de rire à mes dépens, là-haut.

Voilà, Marcel, mon premier vrai contact avec le monde de l'édition.

Tout à mon récit, tu as oublié de boire ton café. Tu avales le contenu de la tasse d'un coup, la tête renversée dans le brusque mouvement de qui cherche à se réveiller. Tu ramènes sur moi ton regard bleu incrédule, me fixe un moment pour me percer à jour, t'assurer que je ne te fais pas marcher.

« C'est fantastique ! », finis-tu par articuler, en détachant chaque syllabe avec une conviction comique.

Je ne vois pas bien ce qu'il y a de fantastique dans l'affaire, si c'est l'effet produit par mon livre sur la personne d'un éditeur libidineux, ou le spectacle de son début de fellation, ou sa brutale interruption, ou les trois à la fois. J'objecte, d'une moue, que je suis moyennement d'accord sur le choix de l'adjectif. Tu insistes :

« Mais si, arrête ! Il est connu, B., très connu, et toi, maintenant, non seulement tu l'as rencontré...

– Mais j'ai vu sa queue, oui, t'interromps-je. Eh bien, mon petit Marcel, je ne suis pas plus avancée pour autant. Et je pense que j'ai perdu mon temps à Paris. Attends la prochaine fois ! Enfin, si prochaine fois il y a. »

Tu te lèves, ramasses ta musette, et me fais don d'une de tes plus belles frimousses, toute de ferveur et de lumière :

« Je suis sûr, sûr que ça va marcher ! »

Tu avais raison. Il y avait bien quelque chose de fantastique dans mon aventure. Car mon éditeur salace et conjugalement épouvanté a commencé par m'envoyer les fameux livres négligés dans le lamentable sauve-qui-peut final, avec un petit mot d'excuse, très amical. Ensuite, il m'a téléphoné :

« J'ai pensé que vous devriez adresser votre manuscrit à Régine Deforges !

– Merci du conseil, il en vient !

– Ah ? Alors, je continue à prospecter. »

Un peu plus tard, nouveau coup de fil :

« Jean-Jacques Pauvert est très intéressé. Appelez-le. »

J'hésitais à appeler. J'avais peur d'ennuyer, ou de m'entendre répondre des choses évasives. En fait, J.J.P. a seulement dit :

« J'aime beaucoup votre livre, je veux vous rencontrer à Paris. »

J'ai pris ma voix la plus résolue pour déclarer :

« Si c'est pour voir ma tête, inutile. »

Mon interlocuteur a ri, de ce petit rire chinois que j'allais apprendre à reconnaître et à aimer :

« Non, non, vous repartirez avec un contrat ! »

Je te raconte tout ça à la poste, entre deux clients. Nous nous taisons quand quelqu'un arrive. Le timbre de la porte qui se referme ranime notre ardeur de conspirateurs. Parfois, avant de partir, on se retourne, on nous jette une œillade noire et suspicieuse. Jalouse, aussi. Oui, Mesdames, le beau Marcel est en secrets avec moi ! Il boit mes paroles, il apprend chaque nouveau nom de mon épopée par cœur, avec un petit mouvement de lèvres d'élève appliqué qui récite tout bas. Je suis devenue sa gazette mondaine, le porte-drapeau d'un féminisme fier et résolu, intellectuel et conquérant. Un fleuron de plus à mon blason, cette odyssée littéraire qui commence ! Et dans son regard plein de déférence, comme je me vois belle, comme je me trouve admirable !

De retour chez moi, pourtant, les doutes m'assaillent,

et les envies contradictoires. Partir ? Vers quoi ? Rester ? Pour qui ?

Il y a des jours où je pleure de ne savoir faire, chaque fois, que la moitié du chemin.

Nos vies sont en train de changer. La tienne et la mienne. Tu es allé à Lyon. Une ultime dernière fois. Pour une scène suprême et décisive. La plus tragique, la plus violente. Tu en reviens brisé et libre. Annie, c'est fini, tu le sens, tu as mal encore de l'arrachement et déjà tu respires mieux. Elle s'est déchaînée, sa colère s'est enflée, de cri en invective, d'apostrophe féroce en accusation monstrueuse, jusqu'au paroxysme, sur le thème du « Tu n'es pas un homme », elle t'a tout dit, a ressassé les vieux refrains mais innové aussi car, au sommet de la haine, elle t'a traité de pédé, de pédé lâche et aveugle.

« Ton copain Pascal, hurlait-elle, avoue, mais avoue que tu meurs d'envie de lui ! Ça se voit ! Comme tu en parles, comme tu le regardes ! Mais ouvre enfin les yeux ! Avoue ! Tu iras mieux ! »

Et toi, perdu, bouleversé, ahuri, entraîné par le tourbillon de sa folie et de sa hargne, qui ne savais plus, qui admettais que oui, que peut-être... Qui pleurais à chaudes larmes, tendre Marcel, qui aurais, pour trouver la paix, signé n'importe quel crime, proféré n'importe quel aveu... Toi qui battais ta coulpe :

« Je suis un misérable, je suis un moins que rien, puisque Annie, si intelligente, si instruite, le proclame ! Et sans doute que, oui, aussi, je suis pédé, dans le fond, le tréfonds, sans jamais l'avoir su, faut-il en tenir une couche !... »

Tu m'as raconté tout ça le lendemain. Tu avais séché tes larmes, mais il y avait encore un tremblement dans ta voix, l'essoufflement convulsif des gosses qui ont eu un gros chagrin. Et tu hochais la tête, apitoyé sur ta propre bêtise, dégrisé de cette ivresse mauvaise qu'Annie t'avait communiquée la veille. Tu riais même, doucement, tristement. Je me suis approchée de toi, décidée à des agaceries drôles et rafraîchissantes. Tu as tendu les mains en avant, avec un air faussement horrifié :

« Arrête tout de suite ! Tu sais bien que je n'aime que mon copain Pascal !

– Comme ça tombe, Marcel, moi aussi, je suis pédé, et personne n'a jamais rien remarqué ! Tu garderas le secret ? »

Je te chatouille et te pelote un peu partout, tu te débats, tu cherches à m'échapper. Et ton rire, ton vrai rire de Marcel capricant, de Marcel sans-souci, éclate enfin entre les murs de ma maison. C'est vrai que, parfois, tu n'es pas un homme. Un gosse plutôt, joueur, et que j'aime taquiner. Je balade sur toi des mains effrontées. Tu te trémousses, tu pousses le hennissement des jours heureux et ne te soustrais vraiment à mes fouilles que lorsque j'attaque ta musette.

« Ça, dis-tu avec un air sérieux et un geste solennel, la main levée comme pour jurer, ça, c'est sacré ! »

Soit, je me contenterai donc du profane, que tu m'abandonnes avec des gloussements chatouillés. Pour un homo, je te trouve bien réceptif !... Je te suis dans les escaliers.

« Je vais à Paris jeudi ! » Tu te retournes vers moi, aguiché, joyeux :

« Tu me raconteras ? »

Je suis revenue de Paris avec le contrat promis, mais je n'ai rien de spécial à te raconter. Les choses se sont passées vite et fort convenablement. J'ai rencontré J.J.P. qui est doux et charmant, d'une grande courtoisie. Il éditera mon livre, car je signerai sans doute le contrat. Après, il n'y aura plus qu'à attendre... Tu n'as pas l'air trop déçu d'en apprendre si peu. Tes yeux, au contraire, brillent d'un feu que je commence à connaître. Quoi donc, Marcel? Un nouvel amour à l'horizon? Mieux que ça? Mais encore? Qu'y a-t-il de si excitant, de si extraordinaire, je te sens frémir d'un secret farami-neux...

Il y a, incroyable Marcel, que le mythe du facteur vient enfin de prendre corps, dans ta poste même, et de la façon la plus inattendue qui soit... Une jolie gamine que tu as vue grandir et que ces dernières années ont comblée d'une mignonne paire de seins tout neufs, d'un regard soudainement averti, d'une bouche mutine, est entrée dans ton bureau, hier, entre midi et deux heures.

« Marcel, a-t-elle minaudé, je vais partir de Saint-Laurent, pour mes études. Avant, je voudrais te demander une faveur. Une sorte d'au revoir un peu spécial. »

Tu étais tout ouïe, et déjà disposé à offrir le plus beau de tes timbres... Mais une étrange étincelle dans l'œil vif de la délurée te surmenait le palpitant. Elle a marqué une pause. Tu n'osais plus avaler ta salive, le silence s'éternisait, le suspense te serrait le ventre.

« Voilà, Marcel. Ne te choque pas... »

Tu as senti ta queue bouger, tu lui en as voulu. Tu ne sais toujours pas qu'elle comprend les choses avant toi.

« J'ai un fantasme. »

Ta queue a levé la tête, comme ces chiens de chasse

jamais en repos, qu'un soupir de la brise met debout, et passionne.

« Je voudrais te faire une pipe derrière ton comptoir pendant que tu reçois les clients ! »

Ton limier, indubitablement concerné, piaffait déjà, la truffe dressée, que toi, tu béais encore de la mirette et de la bouche, parfaite allégorie de la stupéfaction la plus incrédule. La gamine a ri, a secoué ta catalepsie d'un « Ben, quoi ? » juvénile et si désinvolte que tu n'as absolument rien trouvé à répondre. Marcel Facteur n'existait plus. Dans sa braguette, l'épagneul tétanisé en un arrêt fiévreux n'avait plus pour maître qu'un jouisseur hébété dont le laborieux raisonnement aboutit enfin à l'unique question : « Qu'est-ce que je risque ? » La fille avait dix-huit ans, et l'air de savoir ce qu'elle voulait. Elle t'a quitté en promettant :

« Je reviens tout à l'heure », a tiré sur elle la porte de la poste.

Tu as entendu ses pas résolus marteler les marches de pierre de ton perron. Elle ne t'avait pas seulement demandé ton avis, ni laissé aucun choix possible. Tu avoisinais la félicité : cette graine de vraie femme ne réclamait rien d'autre que ta parfaite passivité, te soulageant de ta chère obsession : « Être un homme, un vrai. » Il ne te restait plus qu'à trembler, à souhaiter farouchement qu'elle n'ose pas venir, à attendre ardemment le contraire à la même minute. Le temps passa lentement. A quatorze heures, tu t'installas, avec un cœur tumultueux et des mains moites, derrière ton guichet. Ta bite n'avait pas désarmé. Elle explosait dans ton jean, folle d'impatience, exaltée par l'incongruité de la surprise. Tu songeais sérieusement à lui administrer une friction lénifiante lorsque la luronne reparut, toute gaie, avec ses yeux brillants et son air de joyeuse menace. Elle a fait le tour du guichet, a franchi le portillon, s'est jetée à tes pieds. Tu priais avec épouvante pour que personne n'arrive. Mais elle, rapide, diligente, se blottissait déjà, toute petite, ramassée entre tes genoux, et (mon dieu! tu l'espérais!) insoupçonnable depuis l'autre côté du comptoir. Tu n'osais pas bouger. Elle écarta tes genoux d'une poussée volontaire, s'attaqua à tes boutons. Tu mourais de terreur. Tu avais peur de tout, du bruit menu de ses ongles sur la toile rude, de la résistance obstinée de la fermeture, qui se révoltait à grands crissements d'étoffe. Toujours personne dans la poste, mais il fallait si peu de temps pour franchir les deux marches du perron! Tu te déhanchas d'un mouvement familier pour scruter la fenêtre, soulevas les fesses pour donner de l'aisance à ta braguette, y posas même les doigts. Mais tu sentis qu'on te repoussait. On ne voulait pas d'aide, le déshabillage devait faire partie du fantasme. A bout de nerfs, tu saisis ton cahier de comptes. Les chiffres s'alignaient, formaient des colonnes insensées sous tes yeux. Entre tes jambes, une autre colonne plus massive se démenait. Tu marquas la défaite du premier bouton par un gémissement, celle du second par un cri. Toujours personne. Tu remuai encore quand les troisième et quatrième boutons abdiquèrent à leur tour. Ta bite était un colosse ridiculement emmailloté comme un poupon, elle étouffait. Ton slip la bâillonnait à hurler, tu aurais pleuré de claustrophobie et d'angoisse. Par la fenêtre, tu vis une vieille traverser la place. Trop tard pour tout arrêter, remballer la bête enfin lâchée, renvoyer la gosse! La porte allait s'ouvrir, et toi mourir d'une crise cardiaque, sous les yeux de la brave dame... Quand l'effrontée arrondit la bouche autour de ton bigarreau, tu te renversas en arrière pour t'évanouir plus vite. Terrassé contre le dossier de ton siège, tu enregistras d'un œil oblique le visage de la vieille, tout près de toi, derrière la fenêtre. Elle tendait le bras, visait la fente de la boîte. Sa lettre déposée, elle tourna les talons. Tu basculas en avant, d'un mouvement de culbute fou, cherchas désespérément à repousser la tête de la goulue qui s'appliquait à t'absorber, te levas même sur tes jambes molles. Rien à faire, cette suceuse te cramponnait comme un morpion, elle accompagna ton ascension sans te lâcher, sa chevelure émergea du comptoir, et l'effroi te faucha à nouveau les guiboles.

Te revoilà sur ta chaise, torturé d'impuissance. Enfin, si l'on peut dire, puisque là-bas, tout au fond de toi, en un lieu qui n'est pas vraiment toi, ta queue te trahit, s'enracine dans la tourbe bouillante de tes plus folles chimères et s'élance à l'assaut du rêve avec une vigueur désespérante. C'est un arbre tout entier qui te pousse du ventre, libidineux Marcel, un fût gonflé de turbulente sève, fourmillant d'espérance, lisse, droit et compact, où les lèvres de la drôlesse s'affolent de leur petitesse et butinent, ici, là, plus loin, plus haut, plus bas, sans méthode ni fatigue. Tu sens le ballet délicieux de la langue mutine qui patine alentour, revient au cratère, y darde une pointe humide et curieuse, repart, revient, glisse, suce, tourne, contourne, retourne, se love, se perd, se retrouve, s'amuse, te tue de délice et d'angoisse. Quelle histoire! Quelle folie! Il est loin, ton songe parisien, quand tu rêvais de figures professionnelles et de haute technicité. Cette gosse te langote comme une glace géante, avec la gourmandise et l'inconstance de

son âge, sa menotte t'a cramponné les couilles, un instant tu cesses de t'effarer pour rire à l'image : tu es un
cornet à deux boules qu'elle attaque à l'envers... L'instant est si torride, fatalement le sorbet va finir par une
grande dégoulinade, la môme en aura partout, elle va se
lécher les doigts... Mais les secondes passent et ton ice
cream résiste, et l'arbre n'en finit pas de grandir... C'est
un bâton de dynamite qui s'élance de ta braguette béan-
te, pauvre Marcel, tu te la joues salaire de la peur, avec
des menaces atroces qui te ratatinent les couilles sans
t'amoindrir la trique, tu bandes à en dépasser le comptoir, et la porte va s'ouvrir, dring ! la gosse va se tasser
sous la banque, et le pékin ne verra que ton poireau
démesuré pointer son apoplexie au ras des enveloppes
de CCP et lâcher enfin le geyser qu'on n'attendait plus.
Drôle de façon d'humecter les timbres ! Ton cœur fait
boum boum, tes oreilles pch, pch, pch... Dans la cuisine,
la pendule tique-taque comme une bombe, et dehors,
pas loin, tu entends les loupiots de l'école partir en promenade, leurs rires, leurs voix fraîches, leur remue-
ménage de petits pieds qui piaffent. Malheur si l'un
d'eux passe la tête par l'entrebâillement de la porte !
L'un d'eux ou la maîtresse, pour dire coucou ! Tu te sens
hideux, blême et crispé, un rictus d'horreur voluptueuse
te fige la bouche, tes prunelles bleues ne vont pas tarder
à gicler sur la pile d'annuaires... Jamais tu n'aurais
pensé qu'une pipe puisse être si interminable, ni si
éprouvante. Tu ne souhaites même plus que la polisson-
ne chope une crampe et abdique, tu t'es mis à te pas-
sionner complètement par sa quête, sa tétée diabolique
te surmène et t'hypnotise, elle a réussi, à force d'application, à te gober presque entièrement, tu coulisses à

présent dans sa bouche, c'est comme si tu avais trempé ta bite dans un pot de confiture tiède, et putain ! tu voudrais bien toucher le fond du bocal ! Tu n'entends plus les gosses, ni l'horloge, ni ta trouille, seulement cette grande clameur de ton ventre et de tes couilles, cet énorme hurlement précurseur d'allégresse, tu as posé ta main sur les cheveux de la mignonne, et tu t'astiques avec sa bouche, tu imprimes à sa tête un rythme cavalcadant de machine à coudre, la môme pas bête se laisse aller à tes spasmes et t'aspire en même temps, le sorbet n'est pas loin de bouillir, tu prépares une omelette norvégienne dont vous vous souviendrez tous les deux longtemps, ta main va de plus en plus vite, tap tap tap sur la tête de la fille et... Dring ! La porte de la poste s'ouvre, et ton cœur dégringole de huit étages. Une seconde éternelle te fige, ahuri, interloqué, en totale apnée, face à ton acheteuse de timbres triquotidienne. Ouf ! Merci mon dieu ! Il y a une providence pour les facteurs salaces ! La petite cliente est gentille, mais la perspicacité ne l'éblouit pas. Tu tends une main qui tremble vers les timbres. Sous le comptoir, motus. Rien ne bouge d'abord. Ta gobeuse est restée verrouillée autour de toi, tu t'es juste avancé le plus possible du guichet pour la dissimuler. Soudain, tu sens sa langue s'agiter comme un petit poisson facétieux sur ton gland électrique. Tu rends la monnaie en éructant deux ou trois borborygmes, la porte se referme, tu recommences à respirer dans un grand soupir qui te déchire la poitrine...

Après, tout va vite. Tu n'écoutes plus que la panique urgente de ton désir qui revendique son apothéose, et de ta terreur qui vient de survivre de justesse au coup de sang. Tu relèves la gosse, la tires, la pousses, l'entraînes de force vers ta chambre, sans t'occuper de fermer la porte. La coquine rit d'une bouche mouillée par ses manœuvres. Tu la ceintures d'un bras ferme, la plaques contre toi, hum! ses petits seins durs, son cul rond de merdeuse bien roulée, sa taille fondante! Ah! la jolie salope, si pleine de trésors que tu n'as plus le temps d'inventorier! Sur ton lit où elle est tombée à la renverse, tu arraches sa culotte. Elle t'ouvre deux cuisses roses et tu plonges, l'éperon en avant. A l'abordage! C'est la farandole des desserts, ton grand Kim-cône dans sa petite jatte de sabayon moelleux, l'esquimau sous le punch qui flambe, toutes crèmes confondues, la renversée, la fouettée, la brûlée, le Vésuve en furie sur les îles flottantes, le banana split, sploutch, le lait, le miel!... Cette gosse est un bonbon, un caramel, une dolce vita et ta bite un immense sucre d'orge qui chiale des larmes sucrées... Vive toi! Vive Marcel et sa braguette de dame tartine! Vive le goûter de quatre heures et les petites mominettes qui, hier encore, se faisaient la langue sur les sucettes au coca! Que c'est bon de jouir fort en criant, comme un marmot affamé qu'on restaure enfin, après la grande épouvante de la crampe d'estomac!...

Quelqu'un est peut être entré dans la poste. Tu t'en fiches. Tu halètes et tu ris, et te rajustes, à côté de ta petite camarade de débauche, qui renfile tranquillement sa culotte. Elle semble à demi satisfaite, ta lolita gourmande, de la tournure des événements. Un peu dépitée, assez dédaigneuse de ta hâte à conclure et de ta lâcheté. Mais elle t'embrasse quand même, et te remercie :

« Ciao, Marcel! A la prochaine! »

Tu lui demandes de sortir par la porte de la cuisine, ce sera plus discret. Elle hausse encore une épaule agacée, mais indulgente. « Ce Marcel ! est-il trouillard ! » Toi, tu t'ébroues une dernière fois avant de reprendre place dans ton quotidien. Quand tu t'assieds derrière ton comptoir, il y a une bête toute chaude, gavée de plaisir, qui ronronne dans ton slip, pas encore vraiment couchée, et, dans ton âme douce de gentil garçon lubrique, un petit cochon en pâte d'amande qui gambade et lutine.

Je t'ai raconté à mon tour quelque chose d'assez extraordinaire. Enfin, que tu as trouvé, toi, extraordinaire. Profitant de mon absence pendant un voyage scolaire que j'accompagnais, J.C. a rencontré « Mon histoire ». Il lui a fait le grand jeu du « comment tu vois l'avenir avec elle ? ». L'histoire ne voyait rien du tout, ni l'avenir, ni le présent. Il n'avait qu'une envie : se défiler vite, et que tout rentre dans l'ordre, sans problème. Alors il m'a écrit une lettre de rupture à laquelle je n'ai pas cru, mais qui m'a fait pleurer. Tu arrondis tes yeux de bon public en extase :

« Sans blaaaague ? »

Tu allonges indéfiniment le commentaire, à mi-voix, presque pour toi seul. Je te sens plein d'admiration pour J.C. Tu multiplies les questions.

« Alors ? Et toi ? Qu'est-ce que ça t'a fait ? Qu'est-ce que tu en penses ?

— On va acheter la maison du Bois », te réponds-je, laconique.

Toute de suite, tu zappes.

« Hein ? Acheter ? La maison du Bois ? Alors vous partez d'ici ?

— On n'ira pas loin, Marcel. C'est à trois kilomètres !

– Oui, mais c'est plus mon secteur, là-bas. C'est plus ma tournée... »

Tu es triste. Moi aussi. C'est comme ça. On ne peut pas toute sa vie relire la même page du même livre.

C'est la période du pré-déménagement qui commence. J.C. travaille beaucoup là-bas, retape, restaure, transforme. Je l'aide, je l'encourage, je piaffe, je me désespère, je le démoralise. On se dispute. On charrie des objets, des meubles. J'ai commencé par tous les jouets des enfants. Ça fait un vide énorme dans la maison.

« Peut-être qu'on aura un autre petit, Marcel. »

Yeux ronds, bouche ouverte.

« Allez ? Sans blague ? » Je n'habite plus nulle part. Ici, ça se déconstruit, ça meurt, ça perd son âme et son décor. Là-bas, rien n'est fait encore. Mon cœur flotte entre deux maisons. Entre deux hommes. Il me faut apprendre à vivre avec ce balancier en moi, apprendre à admettre que je les aime tous les deux. Apprendre à ne pas foutre des tas de vies en l'air pour autant. C'est dur. J.C. ne m'épaule pas beaucoup. Il est confit dans sa peine, isolé dans sa lutte.

Mon livre paraîtra au printemps. Au printemps, on déménagera. Au printemps, je ferai peut-être aussi un enfant à J.C. Pas un de papier, un vrai. Afin qu'il sache que je reconduis le contrat avec lui pour au moins dix huit ans. Tu m'écoutes, chagrin. Tu me dis que la Jacqueline est peinée par notre départ, qu'elle pleure quand elle en parle. On s'attendrit tous les deux. On l'aime bien, la Jacqueline. C'est une tendre, dans le fond, généreuse et sensible. Un peu maladroite, parfois.

Mais... elle nous a toujours bien reçus... Je ris.

« Surtout toi, Marcel ! »

Tu as oublié ses peignoirs échancrés.

« Pourquoi ? », demandes-tu, naïf.

Tu es ailleurs, toi aussi, depuis quelque temps. Quelque part en Ardèche, dont tu as rapporté, après un week-end mystérieux, une mine ambiguë et un œil plus bleu. A force de te chercher, tu t'es peut-être trouvé, là-bas ?

« Peut-être, peut-être... », murmures-tu, avec un air de conspirateur heureux.

Mon vieux beau-père est de passage à la maison pour huit jours. Tu lui apportes son journal le matin.

« Voilà, Monsieur Maurice ». Monsieur Maurice, Momo pour nous, a quatre-vingt-cinq ans, mais reste allègre. Pour toi, c'est un modèle, tu aimerais bien lui ressembler sur le tard. Ce qui te fascine, c'est ses blagues égrillardes et son œil presque aveugle où brille une malice gauloise. Un soir, pour t'amuser, je te retiens à manger, puis à partager notre veillée. Il y a un film porno sur Canal Plus. Le papy l'a repéré dans *Télérama*, il s'éternise dans le salon et fait durer la conversation. Finalement, le film arrive. Momo a pris une chaise, s'est installé à vingt centimètres de l'écran ; le double spectacle commence : ébats hot à l'image, et commentaires-maison. Tel un Zitrone de la gaudriole, Momo se passionne, se tortille, s'exclame :

« Oh ! là,là ! Que c'est bon ! Allez. Vas y ! Suce bien ! »

Derrière lui, tu t'effares d'abord, pour rire ensuite, muettement, mais de bon cœur. Tu m'adresses des œillades complices, gestes à l'appui, une main agitée dans un va-et-vient tonique, pour dire qu'il y croit, le pépé. Son intérêt te ravit. Tu as encore de belles années devant toi, va, Marcel !

Un autre jour, peu avant midi, nous passons chez toi, le vieux Momo, Maryté, les enfants et moi. C'est samedi, il fait beau. Chloé te suggère de nous offrir l'apéritif. Tu t'exécutes, tout content. Nous tenons salon, autour de la table à diapos de J.C., après avoir installé Momo dans un des rares fauteuils sains de ton mobilier. Tu mets un disque. Maryté te complimente sur tes plantes vertes. Chloé s'extasie devant ton service à verres. Raphaël dit :

« Dark side of the moon... »

Cette musique est magique, elle m'emporte. Je tais vite mon enthousiasme : il paraît que le disque est « super vieux », « super connu ». Je ne le connaissais pas. Je me laisse rêver de routes, d'amour fou. J'ai envie d'écrire un livre sur des camionneurs. Maurice parle politique, économie, régions... Ardèche.

Ardèche ? Je te regarde. Tu as l'air heureux. Des plantes vertes, six verres assortis, ta béatitude toute neuve... Je te sens déjà loin, Marcel. Déjà parti. Toi, tu n'as encore rien deviné.

Tu es venu dans la grande maison du Bois. Tu as vu le chantier gigantesque. Tu as arpenté les trois cents mètres carré en boitant. Tu nous as pris pour des fous. Tu riais comme devant une énormité qui te dépassait. Elle me dépasse aussi, crois-moi.

Moi, je suis allée à la Poste. La porte de la cuisine était entrebâillée. Dans l'entrebâillement, j'ai vu une paire de jolies jambes croisées, tranquilles, bien installées. Elles écoutaient la radio. Elles étaient chez elles. Tu t'es appliqué à faire mon opération sagement, avec la visible inquiétude que je ne me livre à quelque pitrerie familière. Inutile appréhension, Marcel. Je sais que les jambes des femmes engagent plus sûrement un homme lorsqu'elles se croisent dans sa cuisine que lorsqu'elles s'ouvrent dans sa chambre. Je respecterai donc la sérénité éloquente de ces ardéchoises gambettes et ta frousse de leur déplaire... Au fait, ta demande de mutation, avec la lettre de motivation, tu l'as envoyée?

Nous avons déménagé. Aventure titanesque, qui a duré un long week-end pluvieux, et s'est soldée par la crise de sanglots de Chloé, devant le feu où l'on brûlait du vieux bois de l'ancienne maison. J'ai erré un peu dans un bric-à-brac que j'aurais estimé insupportable il y a seulement un an. Les choses sont rentrées dans l'ordre magiquement, sans me laisser de souvenirs précis. J'étais préoccupée d'autre chose. Mon livre a enfin vu le jour. J'envisageais une petite naissance étriquée, avec pour berceau du marmot le rayon honteux et planqué de trois ou quatre librairies. En fait, ce fut un accouchement royal, avec présentation de l'enfant au public. Poivre d'Arvor m'a invitée à Ex Libris. Mes éditeurs ont salué l'événement avec fébrilité. Moi, c'est plutôt après que ça m'a rendue malade. J'ai senti que ma vie, une partie de ma vie, n'allait plus jamais être pareille, surtout si j'écrivais encore. Et j'écrirais encore, je le savais. Mais pas pour passer à la télé. Malgré ça, presque. Malgré cette exorbitante contrepartie. Je hais l'idée que mon image arrive chez les gens, qu'ils se l'approprient, se permettent de la juger, d'en discuter et de me faire part de leurs réflexions. Surtout que, l'expérience me l'apprendra, ils ne font jamais des commentaires de fond, mais s'attachent toujours à la forme. Même toi, Marcel, toi si indulgent, si éperdu d'admiration, si fier de me connaître, tu me parles de ma coiffure à l'écran ! J'élude vite. Causons plutôt de toi ! Eh bien oui ! c'est fait, tu l'as envoyée, ta demande, avec lettre de motivation à l'appui. Et peut-être que... Peut-être que ces jambes ardéchoises, nouées à ton cou, sont en train de devenir le collier où tu rêvais de te couler, Marcel errant, Marcel rôdeur, en mal d'apprivoisement... Ah ! La Jacqueline n'a pas fini de pleurer, alors ! Quand tu me parles de l'Ardèche, tu t'allumes comme un sapin de Noël. Avec les guirlandes de tes doutes, et les cheveux d'ange de tes incertitudes, et les paillettes de tes espoirs, et les grelots de ton rire de gosse, tu m'attendris. Tu croasses des « Tu crois ? Tu crois ? » à longueur de phrases, et moi, dont la conjugalité bégaie, moi qui ne sais plus toujours où j'en suis, où je vais, je t'exhorte avec courage à l'optimisme, je te pousse où tu penches, et je bouscule tes réticences à coups d'impératifs drastiques :

« Mais vas-y ! Mais pars donc ! Mais mets-toi en ménage ! »

Tu ouvres des mirettes bleues ravies comme si je te racontais un conte de fée. « Il était une fois un Marcel heureux, qui savait absolument ce qu'il voulait, et n'avait jamais peur de s'engager... Un jour, il rencontra... » Quand c'est toi qui narres la rencontre, Marcel, il ne s'agit plus de conte de fée.

« Tu parles ! me dis-tu. Elle savait que ses voisins de palier recevaient un copain Marcel. Marcel ! Facteur, en plus ! Tu imagines ce qui s'est passé dans sa tête ? Elle a voulu voir à quoi je ressemblais. Avec un nom pareil ! Dans tous les villages, il y a un benêt qui s'appelle Marcel. Quand c'est pas l'âne Marcel, le chien Marcel ! Alors elle a trouvé un prétexte. Elle est venue chercher des allumettes... »

Ah ! Elle n'a pas dû être déçue, la belle Ardéchoise ! Comme allumette, Marcel, tu te poses un peu là ! Tu serais plutôt du genre brandon ! Tu me fais ta petite gueule de Marcel sans vocabulaire.

« Brandon ?

— Ça veut dire un corps enflammé. »

Tu ris. Encore un mot à noter dans ton dictionnaire de poche. Comme frugal. Tu te rappelles, frugal ? Après une soirée de bouffe à la maison, sur le pas de la porte, tu me tends ta joue :

« Allez au revoir. Et merci pour ce repas frugal ! »

Chloé éclate de rire quand je m'indigne :

« Frugal ? Non, mais, je t'en colle une ! »

Tu la regardes, embêté, égayé : « J'ai dit une connerie ? »

Et l'Ardéchoise, Marcel, elle te trouve frugal ? Tu baisses les yeux, pudique, résolu à la discrétion. Hou là ! C'est sérieux, sérieux, alors ?

Le premier été dans la grande maison a passé. La première rentrée d'automne aussi. Je ne te vois plus guère. Fin septembre, je viens jusqu'à ta poste t'apporter la grande nouvelle.

« Je suis enceinte, Marcel. »

Tu ne sais pas quoi dire. Tes yeux brillent, ta bouche amorce un sourire. Je te sens réservé, pourtant, un peu perplexe. Un peu envieux aussi.

« Alors, finis-tu par articuler, tu t'es décidée ? »

Pas vraiment, cher irrésolu, si c'est ce que tu veux savoir. Ça s'est presque fait sans moi.

« Enfin, c'est fait ! », conclus-tu, avec un soulagement qui en dit long sur les affres de tes incertitudes.

Je m'enquiers de ta situation.

« Oh ! moi aussi, j'ai pris un tournant. J'ai promis de demander ma mutation pour l'Ardèche jusqu'à ce que je l'obtienne !

— Et tu as des chances ? »

Tu hésites, feins de réfléchir, souris :

« Pas vraiment. »

Incorrigible trouillard, comme je t'aime, avec tes fausses déterminations, tes petites lâchetés, tes flottements, tes impossibles quêtes...

« Tu n'as pas envie de partir, donc, Marcel ?

— Non, pas du tout.

— Alors ?

— Alors, je ne veux pas rester non plus.

— Méfie-toi, Marcel ! Je ne voulais pas vraiment ce troisième enfant. Et je ne voulais pas non plus m'en passer. Et maintenant, je suis enceinte... »

Tu as un mouvement d'épaules et de sourcils, qui signifie « Inch Allah ! » Allah est taquin. Peut-être que tu vas tomber enceinte aussi. L'idée nous amuse tous les deux. Je te quitte cependant avec une étrange tristesse. Quand tu vas t'en aller, Marcel Facteur, cette petite poste qui sent le vieux papier perdra son âme...

L'hiver m'arrondit. J'écris mon livre sur les camions et les camionneurs. Tu viens me voir avec ton copain

Pascal, à qui tu voulais me présenter depuis longtemps. Notre rencontre te fait plaisir. D'exclamations inachevées en interrogations suspendues, de déclarations ébauchées en interjections joyeusement incrédules, tu commences vingt phrases que tu ne termines pas, babilles ta reconnaissance, ton émerveillement, ta ferveur de modeste, ta jubilation de naïf. C'est que je viens de te promettre solennellement d'écrire un jour ton livre.

« Alors là, quand tu veux ! affirmes-tu, la main sur le cœur. Tu as absolument carte blanche ! Et même, je te dirai plein de choses que tu ne sais pas... »

Je pressens que cet enthousiasme aura son revers, et le temps qu'il faudra te tarabuster pour arriver à mes fins... Pourtant, tu changes un peu, il me semble. Tu t'affirmes, comme tu dirais. Avant le 1er avril, tu arrives tout frétillant d'une bonne blague que tu voudrais faire à B. Tu me demandes d'écrire un article pour le journal, selon lequel sa cave à vins va se reconvertir en magasin d'eau minérale. Illuminé par la perspective du canular, tu m'exhibes une photo que tu as prise d'un bulldozer travaillant au caveau de B., et qui donnera le change. Va pour l'article ! De toute façon, je parie qu'il ne paraîtra pas !

Eh bien, si, il est paru ! Avec photo à l'appui, l'effet est saisissant. B. n'arrête pas de recevoir des coups de fil taquins, d'autres plus sérieux, des commandes de limonade et de Badoit. Tu rigoles en douce parce qu'il te prend à témoin. Pour une fois, c'est toi le blagueur clandestin...

« Ça a mis de l'animation à Saint-Laurent », dis-tu, tout réjoui.

Je te questionne :

« Tu crois qu'ils te soupçonnent ?

– Sûrement pas, c'est trop bien écrit !
– Tu vas leur dire ? »
Déjà l'appréhension efface ton sourire :
« Ah ! non, non, non ! »
Comme tu trembles, Marcel, de ne pas te ressembler, de les surprendre, de les décevoir, peut-être ! Que sera-ce quand ton livre sortira ? Tu ris à nouveau, l'échéance te paraît lointaine.
« On verra. Je dirai que tu as tout inventé... ».

Flavie est née. Tu viens me voir à l'hôpital de la Croix-Rousse avec un bouquet de fleurs. C'est complètement inespéré. D'habitude, tu dis : « Je viendrai, je viendrai » et tu ne viens jamais. Cette fois, tu n'as rien dit. Tu as une nouvelle : ta mutation a été acceptée, tu vas t'en aller.
« Pour où ?
– Oh ! Une petite poste, dans la Drôme. St-Pantaléon-Les-Vignes. »
Tu fais une drôle de tête, peut-être à cause de ton accident. Ta voiture est foutue, et toi vivant par miracle : tu t'es encastré sous un camion à 90 km/heure.
« J'ai juste eu le temps de me baisser, dis-tu. Une demi-seconde de plus et j'étais décapité. »
Tu te mets à philosopher sur le destin, sur ses blagues et ses rendez-vous. Tu as un air sérieux, presque douloureux.
« Tu sais, c'est vrai ce qu'on raconte. Moi, en un éclair, j'ai vu défiler toute ma vie... »
Tu as exactement la mine d'un rescapé provisoire, en sursis au bord d'un gouffre. Ton passé est resté derrière

toi, derrière la carcasse de ferraille écrasée qu'on a retirée d'entre les roues du camion. Ton avenir, au-delà, sur une route inconnue, t'attend au prochain virage, mortel peut-être. Tu me paraîs hagard, habité d'un gros souci. Allez! Dis-le! Tu n'as pas du tout le cœur à quitter Saint-Laurent! Tu ris doucement, tristement. C'était couru, hélas! Mais le moyen de faire autrement, maintenant? Le moyen de reculer?

« Tu vois, avoues-tu, pendant des années j'ai eu l'impression que je n'étais pas à ma place à Saint-Laurent. Et maintenant que je vais partir, il me semble que je fais une énorme connerie. »

Tu jettes un coup d'œil sur le berceau, rapide, distrait.

« Elle est mignonne », remarques-tu, sans conviction.

Tu me regardes, pour savoir où j'en suis, pour chercher, au-delà des mots, une complicité, une fraternité dans le doute. Rassure-toi, Marcel. Moi aussi, je tremble de m'être engagée au-delà de mes forces. Et ça ne fait que commencer...

Petit à petit, tu as vidé ta maison. Un jour, tu es arrivé avec un copain. Il avait mis à ton service sa camionnette. Vous en avez sorti la table à diapo, quelques menus meubles, la table de cuisine de ma grand-mère. Je vous ai guidés dans l'escalier. Derrière le dos de ton copain, tu me faisais des grimaces expressives. Tu ne voulais pas parler en sa présence. Mais même tout seul, avec moi, je crois que tu n'aurais pas pu. Les meubles rangés, tu as porté la main à ton estomac, à ta gorge, une main crispée, plaintive. Le chagrin t'étreignait, te suffoquait, te coupait le souffle et la parole. Dans tes yeux bleus, il y avait des larmes. Tu es reparti avec le camion, tu n'avais rien dit.

Mais j'ai gardé en moi cette grosse envie de pleurer qui t'avait bâillonné, et qui à présent me navrait par tendre contagion.

Tu m'as demandé un petit texte à passer dans le bulletin de Saint-Laurent, pour officialiser ton départ, et inviter tous les habitants à un pot d'au revoir, en ton nom et au nom de la mairie. Le fête est prévue le samedi 30 septembre. C'est bête, nous ne pourrons pas venir, nous aurons de la famille ce jour-là.

« Vous, déclares-tu très décidé, de toute façon, je vous invite à part ! »

Tu as raison, Marcel, nous avons toujours été à part...

Après, tu me racontes la cérémonie.

« On m'a dit un discours, c'était superbe, on aurait dit que j'étais mort ! Je voulais répondre, penses-tu, je n'ai pas pu. Une envie de chialer ! J'ai bégayé, bégayé... C'est con, d'être comme ça ! »

Les gens de Saint-Laurent t'ont fait un beau cadeau, auquel nous n'avons pas participé puisque nous ne faisons plus partie de la commune. Je le regrette devant toi. Tu protestes, à coups de petits jappements inarticulés, que non, non, que, ça va bien, que notre cadeau c'est d'être comme nous sommes, toujours là, toujours pareils.

Ah tiens ! Marcel ! L'occasion est trop belle ! Laisse-moi t'offrir une de mes spécialités : un fantasme, un vrai de vrai, bien fignolé, bien léché, encore plus, si possible, que le souvenir de ta délirante pipe sous le comptoir de la poste... Voilà :

C'est l'automne. Un bel automne flamboyant et torride. Les vendanges s'achèvent, dans une atmosphère de kermesse. Autour des caves, les guêpes folles bourdonnent, les filles crient d'excitation, les tracteurs vrombissent. Devant la coopé, on fait encore la file pour livrer les dernières bennes, on s'apostrophe d'un convoi à l'autre. Toi, avec ta mobylette, tu passes au milieu de toute cette fièvre, tu zigzagues entre les comportes qui débordent, tu te grises de soleil et de l'odeur fermentée du raisin qui coule en ruisseau mauve et sucré. Ce soir, c'est la fête partout. Les vendangeurs ont bronzé pendant la besogne, ils sont rudes et beaux, poisseux, fatigués, ils rient fort. Tu rentres à peine de ta tournée que la Jacqueline t'appelle :

« Allô, Marcel ? Tu ne monterais pas jusqu'à la maison d'en haut m'apporter la paye des vendangeurs ? J'ai les mains dans la farine, ce soir c'est le repas d'adieux... »

Elle roucoule sa prière et tu promets de monter à la fermeture de la poste, avec ta sacoche pleine de sous. C'est une mission exceptionnelle. Les facteurs n'ont plus jamais d'argent à transporter. Mais tu dois bien ça à la Jacqueline, qui est si gentille avec toi...

Dix-huit heures trente. Il fait doux. Quand tu arrives à la maison d'en haut, les travailleurs sont sous la douche. D'autres sont partis vers le village pour l'apéro. Tu entends des bruits de marmite dans la grande cuisine dont la baie est ouverte. Tu appelles. La Jacqueline se penche au balcon, au risque de défenestrer les deux pamplemousses roses que ne contient plus son col béant. Au-dessus des casseroles, on doit mourir de chaud !

« J'arrive, Marcel ! Entre à la cave, je te paye un coup ! »

Tu n'obéis pas tout de suite. Tu restes le nez levé, à

contempler deux taches blondes, qui t'éblouissent encore alors que la Jacqueline a prestement disparu, comme
le souvenir de deux astres ardents où se serait brûlé ton
regard. La pénombre de la cave t'aveugle moins que ce
mirage doublement rebondi qui hante ton œil. Soudain
la Jacqueline est là, avec ses deux soleils éclatants dans
l'échancrure du corsage moite. Elle a remonté ses
manches, un tablier entoure sa taille souple de petite
personne à peine ronde, des bouclettes humides frisent à
ses tempes, elle rit des yeux en retroussant le nez, a une
mimique d'excuse pour son charmant désordre; elle
porte une main encore mouillée à ses cheveux, ses joues
rouges te chauffent quand elle passe devant toi pour
attraper un verre. Ce qu'elle est belle! Jamais tu ne
l'avais vue si belle, ni si désirable. Elle dit :

« Tu es vraiment gentil, Marcel, d'être venu. Tu veux
quoi ? Du rouge ? Du blanc ? »

C'est là que tu perds la boule, halluciné Marcel, et
que tu en retrouves deux en allongeant les mains, deux
boules fermes et douces de chair tiède... Ding Dong!
C'est Noël en septembre, Noël avec ses miracles,
Marcel entreprenant, Jacqueline offerte, l'obscurité sou-
daine et complice autour de vous, Minuit chrétien! c'est
l'heure solennelle... Tu as gardé sous ta paume émerveillée les boules de Noël de la Jacqueline qui tremble,
ton autre bras la ceinture étroitement, tu cherches, de la
bouche, son oreille sous les frisons parfumés, tu lui
murmures qu'elle te plaît depuis longtemps, que tu la
veux, là, tout de suite, que c'est le moment. Elle parlait
de te payer un coup, mille fois d'accord! Au tonneau
alors !... Et tu la couches doucement, avec une main toujours à sa taille pour amortir le choc, sur le baril qui sert

de table de dégustation. Elle se renverse docilement, elle dit : « Oh ! Marcel ! Oh ! Marcel » et, une fois sur le dos, c'est elle qui fait sauter les deux derniers boutons de son corsage, qui passe les mains sous ses seins, les dégage des bonnets du soutien-gorge et te les donne gentiment. Tu salues le présent d'un hennissement émerveillé. Enfin ! Il est arrivé le jour où tu vas pouvoir te ruer du nez, des lèvres, des dents, inhaler à pleins poumons, laper, lécher, téter, mordre les fruits de la Jacqueline, si souvent convoités, si fort rêvés, et toujours défendus. A bas les tabous, les interdits ! Marcel est le premier homme du monde, il va croquer la pomme sans peur et sans remords, et doublement, un coup à droite, un coup à gauche ! Tu bêles de contentement, barris de satisfaction, en toi résonne une comptine enfantine qui scande tes coups d'incisives. « Pomme de reinette et pomme d'api... » Tu te recules un instant, extasié. Pomme de reinette et pomme d'api... Sur chacune vient de fleurir une magnifique framboise que tu caresses du doigt, de la joue. La Jacqueline bande des deux seins avec une conviction délectable : leur bourgeon rose te chatouille d'un effleurement ferme, tu avances les dents comme un bouc tenté par la gourmandise. Jacqueline se tortille toujours, ravie, effrayée : « Oh ! Marcel ! Oh ! Marcel »... Ton œil fou opère un travelling inconscient tout autour de vous, enregistre involontairement tous les détails de votre décor magique. Il y des bouteilles de toute part et, sur une étagère, une collection de magnums suggestifs... Tu te sens le même dans la braguette, bien renflé de partout, avec un goulot arrogant qui s'élance à la conquête de l'air libre... La Jacqueline a écarté les genoux, tu as trouvé ta place entre ses cuisses, et tu te serres au plus prêt, la bite écrasée sur le bord du tonneau. La situation n'a rien de confortable, mais tu n'en fais aucun cas, attentif que tu es à trouver sous les jupes de ta drôlesse l'élastique de sa culotte. Une fois libérée de son slip, la Jacqueline toujours renversée, toujours trémoussée, te prodigue un spectacle qui troue la pénombre de la cave. A l'abri de son cotillon troussé, s'entrouvre pour toi la grotte d'Ali Baba ruisselante de grenat sombre... La Jacqueline irradie de là-dessous comme trente-six soleils. Ah! les astres dodus qui t'illuminèrent tout à l'heure sont bien éclipsés! Pour une fois, tu fais ce que tu ne fis jamais, timide Marcel qui t'interdis toujours le voyeurisme : tu la lorgnes avec une audace et un zèle dont tu te croyais bien incapable, les deux mains à plat sur l'intérieur des cuisses de Jacqueline, tu l'écartèles, tu la scrutes, tu la pourlèches du regard, la dégustes des mirettes, chaque repli rose de son adorable chatte te grimace un petit sourire de bienvenu, chaque pétale t'invite, chaque méandre t'incite, chaque étincelle te convie. Ah! qu'elle brille, la fleur de la Jacqueline, qu'elle t'appelle, qu'elle palpite en son écrin d'astrakan noir! Noël! Noël! Et toi qui ne baisses pas les paupières, qui la zieutes encore, sans honte, tranquillement, en la savourant déjà comme une confiture rare... Noël! Le Marcel nouveau est arrivé! Il n'a ni frousse ni vergogne, il se met à délirer doucement entre les jambes de la Jacqueline qui se meurt de l'attendre.

« Tu es plus belle, lui dit-il, que j'aie jamais imaginé, quand j'élucubrais tout seul en pensant à tes seins sous le peignoir bâillant, plus chaude que ton fantôme à qui je montre ma queue d'une main frénétique, tu es plus ronde qu'une citrouille, plus mouillée qu'une petite gueule de veau qui quémande le biberon... »

La Jacqueline est étonnée, mais elle ne cesse ni de mouiller, ni de quémander, elle soulève le bassin à ta rencontre, elle a passé ses deux mains sous ses cuisses dans le pli de ses genoux, elle s'expose, se livre, se tend, son petit animal tout noir de toison, tout rose de mufle, bave en t'espérant. Tu mets d'abord un doigt, et c'est déjà le bonheur absolu, tout qui se mêle à tout, le doux au fort, le tiède au torride ! La Jacqueline a un con pulsatile, végétal, animal, une anémone de mer carnassière et suave qui t'a chopé la phalange et s'est refermée dessus. Tu souris, impérial malgré la fournaise du désir qui te cuit le ventre.

« Tu le veux, le biberon ? »

Elle a feulé un cri rauque et, très grand seigneur, tu décides de ne pas la laisser languir plus longtemps. Des deux mains à ta ceinture, tu libères posément la chopine qui s'est encore accrue contre le tonneau. A bas les pâles magnums, fi du beaujolais ! C'est un jéroboam que tu brandis, vive la fête ! Que le bouchon pète ! Tu vas te la sauter au champagne cette caille aux raisins, cette grive saoûlée d'amour qui zinzinule son impatience, elle va sentir les bulles partout dans sa petite tête frisée, elle a déjà l'embouchure au fond de la gorge et elle t'acclame à brefs piaillements : « Et glou et glou et glou !... » Tu la travailles fort, en avant, en arrière, en avant, tu arrondis ta besogne, encore un tour, un autre, tu l'as saisie aux hanches, comme tu le faisais dans tes films les plus fous, et tu la barattes en forcené, tu la pilonnes comme jadis on foulait le gamay au fond des cuves... Ça y est, la coupe est pleine ! tu verses sur la

Jacqueline, sur son ventre accueillant, sur ses seins bondissants, tu te répands en elle avec un bruit de mousse pétillante dans tes oreilles, et une bienheureuse plénitude qui t'envahit au fur et à mesure que tu te vides ! Et ta jouissance dure, éternelle sur ce tonneau des Danaïdes qui chancelle, sous ton assaut, avec sa précieuse cargaison. Ah ! qu'elle est bonne, qu'elle est bonne la Jacqueline, attendue si longtemps, prise enfin derrière les fagots, dégustée à même la cave, quel bouquet, quelle robe, quel tablier, quel incarnat subtil, quelle odeur de fruit, quelle rondeur en bouche, quelle cuisse, quelles jambes, de vraies jambes de bon vin, lentes à retomber autour de ta flûte encore droite ! Quelle vendange ! Quelle ivresse ! Saint Vincent, priez pour Marcel, intronisé dans l'ordre des culottés, des déculottés, priez pour sa grappe mutine, ses grains de folie, son drôle de carafon ! Priez pour cet orgiaque imaginaire, cet inoffensif pochtron qui trique, comme on trinque, à la santé des dames !

Que le dieu des lunaires, des gentils fous de sexe te protège Marcel ! Qu'il mette souvent sur ta route des Jacqueline accortes et malignement décolletées ! Tu seras pour celles-ci comme le taste-vin qui hume, goûte un peu et jamais ne consomme, un tâteur de fantasmes, un rêveur de plaisirs, et tu les élèveras d'un regard allumé, d'une divagation solitaire, au rang de muses millésimées !...

Tu as tenu ta promesse, l'heure est donc vraiment grave. Tu nous as invités à part, dans un restaurant tunisien de Villefranche que nous affectionnons particulièrement. Notre tribu s'est mise sur son 31, nous avons

bordé Flavie dans son couffin et nous avons d'abord
pris la direction de chez Maryté qui nous attendait pour
l'apéritif. Quand tout le monde a été assis, et nanti d'un
verre, un silence s'est installé, et tu faisais, de temps en
temps « Hé oui ! » comme un petit vieux résigné à la
vanité des mots, à !a misère des temps. J'ai déclaré :

« Moi aussi, Marcel, je t'ai gratté un texte. Je vais te
le lire. »

Tu as eu l'air à la fois reconnaissant et inquiet. Je t'ai
rassuré. Ce n'était ni un éloge funèbre, ni une galéjade,
comme la petite comptine inventée quelques années
auparavant, ni une des ces gaudrioles torrides dont je
deviens spécialiste. Juste un petit poème cucul et sincè-
re, et j'espérais qu'il te plairait.

« Ce sont des alexandrins », ai-je précisé.

Tu as hoché une mine entendue et grave, et tu as dit :
« Vas-y ».

On dit que chaque oiseau est porteur de nouvelles,
Que la blanche colombe signera la paix,
Que le printemps survient précédé d'hirondelles,
Que le tendre s'exprime en un petit poulet...

Quel oiseau étais-tu de musette chargé
Quand le vent du matin allongeait comme une aile
Le mauve à peine bleu de ton long cache-nez,
Quand le vent te poussait, qui étais-tu, Marcel ?

Ton passage égayait un peu le quotidien
Et ton absence un peu attristait le dimanche.
Tu t'arrêtais ici, tu te posais plus loin,
Mais jamais plus longtemps que l'oiseau sur la branche.

Ton vol, de porte en porte et d'hiver en été,
T'emportait chaque jour, te tirait vers plus tard,
Tu écoutais en toi l'appel des longs courriers.
A peine arrivé là, tu rêvais d'autre part.

Toujours bougeant, mouvant, migrateur éternel,
Quelques années pourtant dans un même logis
T'avaient gardé chez nous, et tu repars, Marcel!
Et si c'était ce coup pour construire ton nid?

Si tu nous devenais, cette fois, tourterelle?
Si tu allais, là-bas, roucouler sans vergogne?
Et si l'amour, soudain, savait plier tes ailes?
S'il te prenait l'envie d'inviter la cigogne?

Ah! Marcel, tous nos vœux, tous nos vœux t'accompagnent!
Tu nous manqueras bien, mais tu nous écriras.
Nous guetterons encore, aux chemins de campagne,
Un messager transi tout grelottant de froid.

Et quand il nous tendra quelques mots de ta plume,
Il fera chaud chez nous, malgré le vent d'automne,
Et nous boirons ensemble aux copains que nous fûmes
Et puis nous reboirons aux amis que nous sommes.

Ce genre de texte, moi qui suis l'écrivain public de la famille, du voisinage et de mes collègues, j'en ai écrit et récité des tas. Chaque fois, même si la teneur en est très conventionnelle, je me sens authentiquement émue. Aujourd'hui, c'est toi qui m'émeus. Ton regard noyé, ton silence noué, ta pomme d'Adam à ressorts. Personne n'ose parler. Les enfants sont intimidés, tout le monde a peur d'éclater en sanglots. Finalement, c'est toi, héroïquement, qui assumes le premier bégaiement, et la soirée devient, par la grâce de ta simplicité balbutiante, de ta gratitude trébuchante, une vraie soirée de fête, dont tu es le héros.

Au restaurant, tu donnes le meilleur de toi-même, nous encourageant à nous gaver de couscous, recommandant pour nous des bouteilles, et soupirant, entre deux éclats de rire, soupirant à fendre l'âme sur tous tes regrets. Le plus lancinant : tu n'aurais peut-être pas dû demander ta mutation. Le plus récent : tu aurais pu inviter aussi Maryté et Juliette. Chloé, pratique, te raisonne :

« Qui aurait gardé Flavie ? »

Tu arrondis ton œil bleu candide, ton grand bras de paysan :

« Mais on l'aurait posée là, dans son couffin. Elle aurait été bien ! »

Je ne sais pas quelle vie t'attend là-bas en Ardèche, adorable naïf, mais si tu veux fonder une famille, il va falloir que tu t'instruises un peu sur le mode d'emploi des bébés.

Aux pâtisseries, Chloé est toute rose, Raphaël rit d'aise en se tâtant la bedaine. Toi, tu nous presses de questions inquiètes :

« Vous êtes sûrs, sûrs ? Vous avez assez mangé ? Vous ne voulez plus rien ? Vraiment ? »

J.C. accepte la Boura de l'au revoir. Sent-il déjà, lui aussi, que tu vas nous manquer ? Une douce euphorie nous tient encore un moment assis autour de la table, dans le petit coin intime où le restaurateur nous a logés. La lumière est chaude, une flamme de bougie tremble entre nous, c'est comme si je te découvrais soudain, beau et gentil, terriblement important. J'ai envie de te prendre la main, de te dire : « Marcel, reste. » Mais je n'ai pas le droit d'entraver ton envol, fût-ce d'une prière dont l'inutilité frôle la boutade.

Dans la rue, il fait doux. Nous rions encore, nous te remercions, te tranquillisons une dernière fois. C'était excellent ! Une merveilleuse, une inoubliable soirée ! Tu montes dans ta voiture. Au revoir Marcel ! Je me souviens de ta mère, sur son quai de gare, le jour de ton départ pour la grande ville. Comme elle, je sais que tu ne seras plus tout à fait le même quand tu reviendras. Comme elle, j'ai envie de pleurer.

Commencée le 19 octobre 1990
Saint-Pantaléon-Les-Vignes

Françoise,

Y a-t-il un mot pour exprimer ce que j'ai ressenti en recevant ton courrier ? Il était inutile de mettre « Devine ? » derrière. Une syllabe, une seule lettre, et je sais que c'est toi... Je l'ai gardé jusqu'à midi sans l'ouvrir, je ne pouvais pas, je ne voulais pas le faire avant, il fallait que je sois seul pour être vraiment en accord avec toi. C'était divin (sans exagérer), divin avec la nudité des murs, le silence des bureaux de poste entre midi et deux, que le bruit du frigo, et la lumière d'une lampe qui éclairait tes mots : c'est vrai qu'il faut les déchiffrer, mais ce n'est que meilleur, parce qu'on hésite, on cherche, on passe dessus, on regarde plus loin, on revient en arrière comme dans un labyrinthe et puis c'est l'illumination. Françoise, tes mots, il faut les mériter ! C'est vrai que je n'ai pas fini tes livres, mais ce que tu écris pour moi, rien que pour moi, comme ce merveilleux poème ou comme cette lettre destinée rien qu'à moi, je le lis et le relis... La première lecture m'a été difficile, mais à la deuxième, j'étais heureux, la petite larme en supplément.

C'est dingue, car là, je me dis : « Marcel, tu vas écrire, et surtout pas téléphoner. » Je pense qu'écrire sera la seule façon de te remercier et de te montrer que je ne suis pas indifférent à ton courrier. C'est vrai que je suis un homme de lettres, malheureusement pas dans le bon sens du terme. Mais avec toi, je ne me sens pas jugé. Je le dis souvent à M. « Françoise, c'est une femme, une vraie, de celles qui deviennent rares, qui vous prennent comme vous êtes, nu, ne voient que l'intérieur, ne jugent pas sur l'apparence. » Oui, je te sens femme, très femme au fond de tes tripes, très forte et aussi très fragile ; et puis humble et pourtant je sais que tu pouvais m'en faire voir. Tu aurais pu me prendre pour un simple facteur, de surcroît s'appelant Marcel... Mais tu m'as fait confiance, tu m'as pardonné mes balourdises, et de promettre plein de trucs, mes tergiversations, j'ai conscience que c'est rasoir au bout d'un moment...

Bon, j'arrête de parler de toi et de moi. J'espère vous voir à Saint-Pantaléon, on sera à l'étroit, mais l'essentiel se situe dehors, au milieu des champs de lavande, des oliviers, des vignes aussi, des villages typiques. Pour l'instant, c'est la seule satisfaction que j'ai trouvée ici, mis à part d'aller plus souvent en Ardèche, ce qui n'est pas rien.

Saint-Laurent me manque. Cette amitié des gens. J'ai besoin qu'on m'aime, qu'on me le fasse sentir. Mais peut-être faut-il grandir? Et puis il y a vous, les « L. », comme je vous appelle. Vous seriez ici, j'irais vous trouver tous les soirs, comme au bon temps, regarder le film, débarrasser la table, boire une tisane, vous voir vous chamailler et ensuite vous faire des câlins. Je te demanderais de me faire une lettre pour je ne sais quel organisme qui m'embêterait. Je parlerais avec Chloé de ses timbres, de ses SICAV, de ses cours, de ses copains, avec J.C., on discuterait bricolage, montage diapos, photos, avec Raph, foot-ball. Donne-leur bien le bonjour et de gros bisous, sans oublier Flavie, Maryté, Juliette.

C'est vrai que, les derniers jours, je ne prenais plus le temps de rester avec vous, toujours pressé, laissant la portière ouverte, la radio allumée, de peur de m'attarder longtemps, d'être emprisonné, séquestré. Je disais : « Je suis là pour deux minutes », mais au fond de moi, j'avais envie de m'éterniser... Cela, tu l'as si bien défini dans ta lettre que je rigolais tout seul.

Tu dois t'inquiéter à juste titre du retard de ma réponse. Je l'ai commencée vendredi, et bonheur pour moi, Mme Segain (c'est son nom) m'a remplacé samedi. Tu penses bien que j'ai profité de l'aubaine pour partir passer un long week-end en Ardèche. J'ai laissé le courrier pour lundi et voilà !

Mais la prochaine fois, je te promets (tiens, encore une promesse !) de répondre de suite. Celle-ci, c'est différent, c'est la première depuis fort longtemps.

Je viens de me relire, franchement, bon courage !

Je te laisse parce que je vois le bout de la feuille.

Mille bisous pour toi et vous tous

A bientôt

Marcel

Plus de quatre ans ont passé depuis cette missive. Marcel migrateur, tu t'es enfin posé. Au pays des lavandes, tu as abandonné ta musette, et ta mobylette. Tu es à présent le papa d'une adorable petite famille, et, la fameuse lettre de motivation ayant porté ses fruits, tu es devenu, non sans angoisse, conseiller financier dans une grande poste. Pour moi, tu restes Marcel Facteur. Un journal régional a annoncé il y a quelque temps, que tu serais le héros de mon nouveau livre. Ayant lu la nouvelle, un monsieur, ancien postier au Bois, m'a téléphoné pour me parler de toi.

« Marcel, je l'ai bien connu. Il a un cœur gros comme ça ! »

De toutes tes qualités, de toutes tes particularités, de toutes tes énormités, je ne retiendrai pour finir que celle-là, que ton ami a souligné. C'est vrai, Marcel Facteur. Tu as un cœur gros comme ça.

Le Bois d'Oingt, Janvier 1995

Composition et mise en pages
In-Folio